エル・グレコの首飾り

青柳図書館の秘宝

El collar de
El Greco

佃 一可

樹村房

エル・グレコの首飾り——青柳図書館の秘宝——もくじ

エル・エスコリアル図書館

スペイン・マドリッド郊外、グマダラス山脈の麓にエル・エスコリアル修道院がある。十六世紀の終わり、無敵艦隊を誇っていた頃のスペイン・フェリペⅡ世が建てた宮殿。霊廟・教会・図書館が付属して世界遺産ともなっていて、現在ではエスコリアル修道院として知られる。その修道院から至近のエル・エスコリアル駅構内にあるバルの出来事である。

突然、摩耶の前に老爺がひざまずいた。

「お待ち申しておりました。日本からはるばるお越しいただきありがとうございます。これで我々一党も救われます」

何のことかわからない摩耶は、ただ呆然と老爺を見ているほかはない。

それにしても少し違った発音ではあるが、日本語を話すのは日本人の血が流れているのだろうか。肌色は黒いが白髪のもとは黒色を思わせ瞳は褐色、日本に帰ればこのような顔立ちが目立つということはない。

老爺の肉親を思わせる婦人がどこからともなく入ってきて、

「ごめんなさい。今日はその日なので、日本の方が見えるといつもこうなのです」と、これもまたわけのわからないことを言う。

動揺した摩耶は少し落ち着こうと、カウンターに並べられているピンチョス（串刺し）のタパス（前菜）を二皿とって、カヴァ（スパークリングワイン）を注文した。

カヴァで喉を潤し、気持ちを落ち着かせて婦人の話を聞いてみる。

自分たちは約四百年前にこの地にやってきた慶長遣欧使節団支倉常長の子孫であるという。支倉は十七世紀の初め、主君伊達政宗の命令でスペインを訪問し、フェリペⅢ世の宮殿であるエスコリアル宮殿に滞在した。ローマを訪れ教皇から貴族の称号を得たが、日本ではキリスト教禁制の世になってしまった。すでにキリスト教に入信している部下たちが帰国すれば斬殺に処せられると考えた支倉は、多くの肉親や部下を残してこの地を去った。

そのとき支倉は、主君の伊達政宗と談判して必ず五年後に迎えに来るから、と言い残してスペインを離れた。四百年もの隔たりはあるものの、ちょうど今日がその日に当たるのだという。

「もしよかったら、少しの時間だけでも、私どもの家に寄っていただけないでしょうか」

ファセクラと名乗った婦人は、摩耶に申し訳なさそうに言った。

道連れのない摩耶は警戒しないわけでもなかったが、なにかしらこの婦人に興味をもった。

「いいですよ、今日は夜、友人と食事をするほかはなにもないので」

と摩耶は時計を見ながら言った。エスコリアル駅からマドリッドまでは約四十五分。約束の八時までには充分に時間がある。

「それに……」

(自分も支倉に関係がないわけではないですから)

と摩耶は危うく言いそうになるのを止めた。

そんな素性を明かしたら、老爺がまたどんなことになるかわかったものではない。

摩耶の名前は山口摩耶。摩耶の父母は仙台の出身である。おまけに支倉常長は、摩耶の先祖の山口家から支倉家に養子に入った人だと摩耶は聞いている。支倉家は常長の子がキリスト信者であることが露見してお家断絶になった……はずである。

ということは、この父子は何百分の一か自分と血が繋がっている。

しかし……である。

最前の老爺の狂気を思い起こして摩耶は自制した。

大学を出ると、摩耶は有名デパートに就職した。人もうらやむ就職先であったが摩耶はしっくりいかなかった。このままいじいじしていてはダメになると意を決し、二年で卒業した。出身大学の聴講生となって図書館司書の資格をとり、幸運にも都の試験に合格。図書館で働いている。

エスコリアルにやってきたのは図書館史の授業でここの図書館について、教授の解説が曖昧だったのが引っかかっていたからであった。その引っかかりもひょっとすると自分のなかの『文倉』がそのような印象を与えたのかもしれない。

マドリッドで一緒に食事をする約束をしているのはデパート時代の同僚・容子。旅行社ですすめられたレストランに八時の予約を入れている。

「スペインは不況だと聞いてきたのですが、パリのようにホームレスも見かけないですね」

摩耶が感想めいたことを言うと、

「スペインはカソリックの国ですから、家族というのがしっかりしているのです」

と婦人は誇らしげに応えた。

婦人は紅茶を摩耶の前に置いて、

「宮殿はいかがでしたか」

と話しかけた。

「宮殿……ああ修道院のことですね。少年使節も支倉使節も、皆ここでスペイン国王陛下に拝謁しているのでしたね」

摩耶は四百年前の天正、慶長、二回の遣欧使節を思った。

「ええ」

婦人はかるく頷き、

「山口さんはどうしてこちらにいらしたのですか。……ああ……観光ですよね。……日本の方を見るとなにか特別なように考えてしまって。すみません」

と少し照れたように笑った。

「私は図書館の仕事をしておりまして……エスコリアル図書館を見学しに参りました」

「ああ、そうなんですか。和漢朗詠集はご覧になりましたか」

婦人のいう和漢朗詠集とは、天正少年遣欧使節が日本に持ち帰った活版印刷機を用いて印刷されたローマ字の和歌集である。皇太子時代の平成天皇がここに行幸されたとき、この印刷物が話題となって、一躍、日本とスペインの交流史が注目された。

「殿下がエスコリアル宮殿にいらしてから……」

「殿下……。ああ、天皇陛下のことですね。ずいぶん昔のことですよね」

「そうです。祖父が御目通りさせていただきました。祖父は亡くなる直前に、一族の者にあらためて先祖の話をしたのですが……。父はちょうどその直後に脳梗塞になってしまい、先祖から伝わっている話と現実がごっちゃになってしまって。良くなったり悪くなったりなのです」

「そうなのですか……。お察しします」

摩耶は目を伏せて応えた。

「山口さんは東京のお生まれですか」

「はい、私は東京生まれですが、父も母も仙台出身です。でも私は仙台のことはほとんど知りません」

「私たちの先祖は仙台から渡ってきたと聞いていますが、大きな地震があったそうですね。たくさんの方が亡くなったとか」

「はい。それはもう悲惨な被害でした」

夫人は十字を切ってお祈りをした。

「ところで、エスコリアル図書館はいかがでした?」

一五六三年、フランスとの戦いで勝利したフェリペⅡ世はエスコリアル宮殿を建設し、その回廊に「大図書館」を設けた。ここには今なお四万冊のラテン語、ギリシャ語、ヘブライ語とアラビア語の蔵書と、二千七百点に及ぶ芸術的写本が残っている。

「立派ですね。びっくりしました。特に天井のフレスコ画は綺麗ですね。まるでイタリアのシスティーナ礼拝堂のようでした」

「そういわれるととてもうれしくなります。グレコの絵はご覧になりましたか」

「はい、『聖マウリティウスの殉教』でしたっけ。でも、どうしてこの絵がここにあるのでしょうか」

「そうですね。考えてみると不思議ですね」

と婦人も首を傾げた。

エル・グレコはギリシャ人ではあるがスペインで活躍した画家である。しかしフェリペⅡ世はグレコを嫌いトレドに追放した。その契機となった絵画が『聖マウリティウスの殉教』である。

エル・エスコリアル宮殿はルターの宗教改革に対する反宗教改革の拠点であった。カソリックの教義では「聖人は、人々がその聖人を祈るような気持ちになるように描かれなければならない」。エル・グレコは教義に反する絵を描いているとフェリペⅡ世は嫌った。

「父がおかしくなったのはエル・グレコに関係が深いのです」

「……どういうことですか」

摩耶は込み入った話になるのではないか、と警戒しながら聞いた。

「父の頭の中では、常長さまがここに来たのは最近のこと、祖父かその前の代ぐらいの頃のことになっているのだと思います」

「……」

「だから支倉が日本に持って帰ったエル・グレコの首飾りと魔法の石が、戻ってくると思っているようなのです」

「エル・グレコの首飾り……ですか」

何のことかわからない摩耶は、言葉をくりかえした。

支倉常長はローマ教皇パウロ五世に謁見し、貴族の称号を与えられ、多くの宝物を下賜された。

しかしフェリペは日本でのキリシタン禁令が厳しくなったことを知り、一行をマドリッドから退かせた。主君伊達政宗への返書を求めて幾度も陳情したが、返書はスペイン領ルソン

（フィリッピン）で渡すと国王は通達し、常長は帰国の途を余儀なくされたのだった。

婦人の話によれば、支倉がスペインの地を離れようとするとき、セビリア教会の神父が「エル・グレコから託された遺品だ」と言って首飾りと魔法の石を支倉に届けた。「三十年前、少年使節がトレドを訪れたとき、ユダヤ人町に住んでいたエル・グレコは苦難の道をやって来た不思議な国の文化に深い感銘を覚えたのだ」という。

支倉が出航したあと、エル・グレコの遺品が支倉に渡されたことを知った国王は激怒し、コリア・デル・リオに残る日本人のなかで、支倉の血を引くこの父子の先祖をエスコリアルに捕え、一族から引き離したという。


支倉常長が持ち帰った宝物は、あるとすれば仙台の博物館にあるはずだ。確か世界遺産にもなっているはず。しかしそのなかにエル・グレコの首飾りのようなものがあったかどうか、摩耶の記憶にはない。

摩耶は、「エル・グレコの首飾りのゆくえを調べてみましょう」と言って、ファセクラの家を辞した。

首飾り

「エル・グレコの首飾り……か、本当にあったらすごいわね」

摩耶から奇妙な話の一部始終を聞いた容子は「エル・グレコ」と聞いて奇声を上げた。

なにせスペインの二人旅行のうち、今日一日はそれぞれの興味に従って、摩耶はエスコリアル修道院図書館に、容子はトレドへと別れたのだった。容子の目的はトレドへグレコの絵をたずねること。

奇声を発した容子は肩をすくめてレストランの周りを見回したが、幸い自分たちのほかに客らしい客はいない。夜八時はスペインのディナーの時間には早すぎるらしい。


「摩耶ってスペイン人から見ても、やっぱり高貴な人に見えるのね」

「なによそれ」

「だってその狂ったお爺さん、摩耶のことお姫様のように感じたんでしょ」

容子自身、世間的には充分魅力的だが、それでも摩耶には一目置く。

「エル・グレコの首飾りなんて実際ありうるのかしら」

グレコについては、一日どころか何日も長のある容子に摩耶が聞いた。

「絵を描いたり、建築の設計をしたり、彫刻をしたり、多才な人だったけれども、宝石に手を出したとは聞かないわね」

「だったらありえないという話？」

「いいえ、その逆。私の勘ならありうるわね。あの頃の芸術家ってどん欲よ。自分が興味をもったものには正直だと思う」

「そうか……ありうるのか……」

と摩耶が自分の世界に入ろうとするのを、

「ところで明日の日程なのだけれど」

と容子が押しとどめた。

二人のスペイン旅行はマドリッド、グラナダ、バルセロナというごくありきたりの行程である。スペインが初めての摩耶にとってはありがたいビギナーコースであるのだが、三回目の容子にはつまらないのではないか、と何度も摩耶は念押しした。

それはそれで面白いのよ、と容子は意に介さなかった。

七日間を満喫したスペイン旅行が終わり、摩耶はエスコリアルで受けた衝撃をほとんど忘れて日本に帰ってきた。

摩耶の携帯が鳴った。容子からの電話である。

「元気……？」

容子の少し甘ったるい声だ。

「一週間休んだから、仕事が結構たまっていたわ。でも、もう追いついた」

「私の方は留守中あまり動きがなかったみたい」

「そう、よかったわね」

「何か寂しいわね。なにもないというのは……。そうそう、首飾りのことわかった？」

「なに、首飾りって」

「いやだ、忘れたの？　……エル・グレコの首飾り」

「ああ、そのことね」

「調べたの？」

「いいえ、まだ」

「仙台の博物館で保存している、支倉常長が持ち帰った宝物のなかにはないみたいね」

エル・グレコは摩耶よりも容子に強いインパクトを与えたようだ。当然といえば当然なのだが……。

「それは、多分そうでしょう」

摩耶は自分の記憶をたどって相づちを打つ。

「ちょっとエル・グレコに狂っている人に聞いてみたのだけれど、もしそんなモノがあるのなら一億円はくだらないよって言っていたわよ」

自分のことは棚にあげて容子が話す。

「お金の問題ではないと思うけれど」

「それは……」

容子の少し不満そうな声が返った。

容子に言われて摩耶は自分が約束を果たしていないことを少し恥じた。博物館のことは明日調べるとして、支倉と自分との関係をはっきりしておかなければ……。

とりあえず一応確かめておくか、と二階から父の部屋に下りていく。

「いますか……?」

「めずらしいな。摩耶から私に声をかけるなんて……」

父の仲道は驚いた顔で摩耶を見た。

「ちょっと確かめたいことがあるのだけれど」

「なに、あらたまって」

「うちの先祖って支倉常長に関係があるのよね」

「また、ずいぶん古いこと聞くんだな……」

父は首を傾げるようなしぐさをした。

「何でそんなことを聞くのかな……。ひょっとするとこの前のスペイン旅行か……」


父の仲道は二年前までM企業の調査室に勤務していた。定年まではまだだいぶあったが、摩耶の母が亡くなったことが契機になったのか、すっぱりと退職した。大学を卒業して以来、調査畑をわたってきたためか恐ろしく洞察力が良い。摩耶が図書館司書になったのも父の影響が強かったのかもしれないと最近は思うことがある。

生活費をどうするのか、と摩耶が思っていると、退職金の一部を元手としてファイナンス運用で上手く凌いでいる。本当かどうかは知らないが、「勤めていたときの給料よりは多いよ」、と摩耶に笑って話したことがある。

「前に話さなかったっけ」

「支倉常長って山口家の三男だったと聞いたけれど」

「それ以上に何が知りたい……？」

父は不思議そうに娘の顔を見た。

摩耶は、エスコリアルで妙な父娘にあったこと、その父娘が自分たちは支倉の子孫だと名乗ったこと、支倉は教皇や国王からの贈答品を多く持ち帰ったがそのなかにエル・グレコが制作した首飾りと魔法の石があったことを話した。


「エル・グレコの首飾り……か」

「お父さん、そんな話聞いたことがある？」

「いいや、ない。……でも、……そんな話を聞くともしや……という気がしないでもない」

「どういうこと？」

「支倉家が常長の次の代で断絶したことは知っているよね」

「はい、その話も聞いています」

「キリスト教の信者であることが露見して断罪されたというのだが……」

「それがなにか変なの？」

「キリスト教徒だということの証拠とは何だったのか。常長は帰国したとき教皇や国王から下賜されたものは政宗公に差し出しただろう。そのほかにエル・グレコの首飾りや魔法の石を常長の子が持っていたのならつじつまは合うと思う」

「つじつまって」

「どういう形であったかはわからないが、首飾りというのはロザリオがつきものだろう。そんなものを持っていたら動かぬ証拠になるにちがいない」

「それで、その首飾りはどこにいったのかしら」

「そんなことはわからない……」

と言った父はしばらく黙って瞑想をしているようであった。

沈黙はしていたが激しく瞬きをしていて、頭の中は急速に回転しているのを物語っていた。

二階の自分の部屋に戻って、摩耶もまた机の前に座るが、摩耶には考えるためのデータがない。摩耶は大きく深呼吸をしてベッドに転がった。

翌朝、出勤しようと家を出るとき父が、

「二、三日留守にするから」

と言う。

「どこに行くの」

「仙台……仙台に行ってから、そのあと少し寄り道をするけれども」

「仙台……？　お母さんのところ？」

仙台には母の墓がある。

「ああ、そうだ」

父は、摩耶が良い口実を見つけてくれたとばかりに応えた。摩耶はたぶん違うな、と思ったがあえて聞かなかった。そしてこのことが摩耶を後悔させることになる。


摩耶が調べたところでは、支倉常長が持ち帰った宝物は、国宝として仙台市博物館に保存され、そのなかの「ローマ市公民権証書」「支倉常長像」「ローマ教皇パウロ五世像」はユネスコ記憶遺産に登録されている。しかし博物館で所蔵する遺品二十四件四十七点のなかには、エル・グレコの首飾りらしきものは見あたらない。仙台市史やそのほか支倉常長の関連資料に目を通したが、どこにもそのような記事は見あたらなかった。

資料を読み込んでいるうち、摩耶は自分が聞いていた話と史実が、少し違っていることに気づいた。支倉家は山口家の分家のような関係だと理解していたが、実際は山口が支倉の分家のような存在である。おまけに支倉常長の子、常頼はキリスト教徒として処刑され家名は断絶したのだが、常頼の子の常信は赦され家名は再興されている。
一方、山口家は伊達家臣団のなかで高い位置にあったが家名は断絶している。

父が旅に出て五日目の朝、摩耶がいつもより早く出勤して席に着くと、

「山口さん、電話です」

と、嘱託員の山下から声がかかった。

「どこからですか」

「警察のようです」

貸出カードの落とし物の問い合わせにしては自分の名前を指定してくるのはおかしいな、と思いながら電話にでると、

「目白警察署の大迫といいます。山口摩耶さんでしょうか」

「はい、山口ですが」

「山口仲道さんはお父様ですね」

父の名前が出たので摩耶は何事かなと思った。

「山口仲道さんが交通事故にあわれました。入院先は池袋のＳ病院ですが、おわかりになられますか」

摩耶は一瞬、目の前が真っ暗になる。かろうじて、

「わかりますが……父はどのような状態なのでしょうか」

「予断が許されない状態です。すぐにいらしてください」

「……」


摩耶が病院に駆けつけたときには、父はすでに息を引き取っていた。

父の変わり果てた姿の前で呆然と立ちつくす摩耶は、

「葬儀の手配は僕がしようか」

という叔父の言葉で我に返った。

摩耶は黙って頷く。

電話をしてきた大迫刑事が声をかける。

「ご愁傷様です。ひき逃げなのですが、少々お話を伺ってもよろしいでしょうか」

ひき逃げという言葉に摩耶はショックを受けたが、大迫の次の言葉にさらにうちのめされる。

「盗難車のようです。計画殺人の疑いもあります」

「計画殺人？？……」

「山口さんには、なにか他人から恨まれるようなことはありませんでしたか」

二年前に会社を退職してからは、気のあった人たちとゴルフをしたり、食事をしたりする毎日である。株や債権の売買で収入を得ていて、家にいるときは古い書類の整理を行い、また料理が趣味で作った料理を人に振る舞っている。

新しい人との接触はほとんどない、人に恨まれるなど考えられない、と摩耶は応えた。

叔父の仲敏も同じように、怨恨によって殺害されるようなことは考えられないと否定した。

「仲道さんはご旅行中だったのですよね」

「はい。金曜日の朝に仙台に行くと言って出かけました」

「何かご用事で」

「亡くなった母の墓参りと言っていましたが」

と戸惑いながら摩耶は話したが、大迫は摩耶の話し方に気がつかない様子だった。

「そうですか。少し引っかかりますが……ご旅行先から家に戻らずにそのまま現場に来られているようですが、こちらに来られる心当たりがありますか」

「いいえ」

摩耶には見当がつかなかった。

「仲敏さんのお住まいは板橋ですね。お寄りになられたのでしょうか」

大迫は手帳を見ながら仲敏に聞いた。

「いいえ。私の方には連絡もありませんでした」

「そうですか。なぜ仲道さんが現場にいらっしゃったのか、手がかりはありませんか……」

と大迫は腑に落ちないという顔になった。

「ひき逃げ犯の目星はついたのでしょうか」

「遺留品が結構残っていますから、すぐに捕まるとは思いますが、盗難車というのが気になります」

大迫は、犯人はすぐに捕まるだろうと楽観した言い方をした。


葬儀は叔父の手配によって淡々と行われた。すでに退職した父であるから、旧職場に連絡するのはためらわれた。しかし後からの連絡よりはましと思い、父の部下であった松岡に葬儀の連絡をした。摩耶は松岡と何回か言葉を交わしたことがある。

松岡からの連絡によってであろう、葬儀には思いのほか大勢の参列者があった。

その参列者のなかには、父の事件を知らせてくれた大迫刑事の顔もあった。摩耶は礼を言いに大迫に近づいていった。

「お忙しいところ、ご焼香いただいてありがとうございました」

「ご愁傷様です……」

大迫はなにか言葉を継ぎ足そうとしたが止めたようだった。

「大勢の方にご参列いただだいて少し戸惑っています。ほとんど知らない人ばかりで」

「山口さんは退職されていると伺っておりました。……なので失礼ながらご参列される方も少ないと思っていましたが……」

「今日はなにか御用があっていらしたのですか」

摩耶は大迫に参列の目的を聞いた。

「いいえ、我々は被害者の葬儀に出かけるのが常道ですから」

と大迫は刑事の習性を話す。

「ひき逃げ犯はまだ見つからないのですか」

摩耶は最も気になっていることを聞いた。

「いや、自分がやったと自首してきた者はいるのですが……」

大迫の言い方は歯切れが悪い。

「犯人が名乗り出たらそれでいいのではないですか。私としては別の感情はありますが」

摩耶は、どうしてそれを先に言わないのかと、怒りをころして大迫に言葉をかぶせる。

「名乗り出たのはA組の組員です。ひょっとすると身代わりかもしれない」

「身代わり……どういうことですか」

「真犯人は別にいて、仕立てられた犯人だということです」

「よくわからないのですが」

「計画殺人という可能性があるということです。しかし証拠はない」

「そんな……」

あの父が殺される……。そんなばかな、と摩耶は二重の衝撃を受ける。

「山口さんは『アオ』という言葉になにか思い当たることはありませんか」

「アオというのは……」

「仲道さんがひき逃げにあったとき、通りがかりの人が抱き起こしたところ『アオ……』と言われたそうです。アオのあとにもなにか言われたようなのですが、それは聞き取れなかったそうです」

「アオですか……、色の名前なのでしょうか……人の名前……心当たりはないですね」

摩耶はしばらく反芻したがなにも浮かばなかった。

「警視……本部からの連絡です」

大迫に同行してきた刑事が声をかけた。

(警視？　あんなに若いのに……。聞き間違いかしら)

摩耶は不思議に思いながら葬儀の席に戻ると、

「今、話していたの誰？」

容子が興味津々といった顔で摩耶に話しかける。

「えっ……なに、容子のタイプだったっけ。ジュン君に言っちゃおうかな……」

摩耶は容子の彼の名前を出した。

「その冗談が言えるなら大丈夫ね。ところで……誰？」

「目白警察署の刑事さん。父の事件を調べている人」

「刑事さん……。とてもそのようには見えないわね。イケメンだしスーツも安物ではないみたいだし」

「やっぱり、容子のタイプなんだ……」

「ううん。摩耶にも彼ができたのかと喜んだけれど、ハズレなのかな……」

容子はにやにやして摩耶の顔を見る。

「あなた、今日お葬式なのだけれど」

「わかっているわよ……」

葬儀が終わって忌休が明けた日、図書館に出勤した摩耶に、

「交通事故にあわれたそうだね」

館長が声をかけた。

「先日はお忙しいところをありがとうございました」

摩耶は葬儀に参列してもらったことへ、型どおりの挨拶をした。

「あなたが山口さんのお嬢さんだとは知らなかったよ」

「館長は父のこと、ご存じなのですか」

「ああ、私が公共に来てからはすっかりご無沙汰になってしまったけれどもね」

田村館長の前職は都政調査室である。父はM企業の調査室に勤めていたが、互いに専門調査機関協議会という組織の構成員であったのなら、顔ぐらいは馴染みがあってもおかしくはない。

「ひょっとして専調協の関係ですか」

摩耶は確かめてみた。

「ああ、そうだよ……」

館長は嬉しそうに言った。摩耶は館長が急に身近な人に思えてくる。

「山口さんはどこで事故にあったの?」

館長は父のことを親しそうに姓で呼ぶ。

「目白というか、早稲田というか、その中間みたいなところで、狭い路地だそうです」

「どの辺だろう……面影橋あたりかな。そんな道が狭く入りくんでいるところの車の事故で人が亡くなるのかな。スピードなど出せないような場所のはずだし」

館長もひき逃げには裏があると感じたのだろうか、と摩耶は思った。

「お詳しいのですね」

「うん、僕は目白駅のそばの高田中学の出身なのだよ。あのあたりは子どもが少なくなってしまって、今は廃校になってしまったけれども。山口さんは事故のあった場所には行ってみたの?」

「いいえ、行っていません」

「そうか……。あなたにとってはちょっと怖いかもしれないね」

館長は摩耶の顔を窺った。

「実は……」

「実はなに……?」

「父はひき逃げにあったのですが、警察は計画的殺人の可能性もあるというのです」

館長は一瞬顔を曇らせたが、摩耶に先を話すよう目で促した。

摩耶は、スペイン旅行でマドリッドに行ったとき、支倉常長の子孫だという不思議な父子に会い、エル・グレコの首飾りと魔法の石の話を聞かされたこと、山口家は支倉家と関係があるので父に心当たりはないかを尋ねると、父はないと応えたが明くる朝、急に仙台に行くと言って出かけたこと、そして五日目の朝、ひき逃げにあったと警察から電話があり、病院に駆けつけたときには息を引き取っていたこと、犯人は名乗り出たが身代わりの可能性もあると警察は言っていることを話した。

館長は摩耶の話を聞きながら、デスク手帳にボールペンで図式を書くようにメモをしていたが、聞き終わると、

「山口さんはあなたの話に何かがひっかかったのだろうね」

と言う。

「……そうでしょうか」

摩耶は、この館長が前職時代に研修講師として図書館に来たときの講義を思い出した。

（調査というのは、見えないものを合理的に見ることができる直観が決め手だ）

この言葉は調査スペシャリストの証明とも思えた。

「問題は、山口さんが調査マンとして見聞きしたものでひっかかったのか、山口家の何かがひっかかったのか、あるいは両方か……なのだろうが」

「父がひき逃げされたとき、通りかかった目撃者の方に『アオ……』と言ったそうなのです」

「『アオ……』ですか。何でしょうね。ダイイングメッセージなのでしょうが……たぶん……」

「……」

「目白……目白不動のシロにアオか。目青不動は世田谷だし……」

「目青不動って、何ですか？　目黒不動は聞いたことがありますけれど」

「あなたたちの世代だとピンとこないでしょうが」

五色不動は五色に関連する名称や伝説をもっている不動尊を指す。東京には、目黒不動・目白不動・目赤不動・目青不動・目黄不動の不動尊があって、陰陽五行で説明される青・白・赤・黒・黄の五色は、東・西・南・北・中央を表している。現在は不動尊自体が廃寺や統合によって移動しているため方角は当たってはいないが……。

「目青不動はもともと青山にあったのだが、そのことが関係するのかな」

「目青不動ですか」

摩耶はわけがわからないといった顔になった。

「目白の青、早稲田の青……待てよ」

と瞬間ひらめいた館長はタブレットを取り出し検索していたが、

「やっぱりそうだ……。青は青柳文蔵の青に違いない。目白不動の金乗院には青柳文蔵の墓がある」

「青柳……文蔵ですか……」

「青柳文庫、知らないかな……。仙台藩に関係する図書館だけれど」

「名前は聞いたことありますが」

「日本の公共図書館の始まりなのだけれどね……。図書館史は大学で習っただろうけど、日本の図書館教育はアメリカの受け売りだから外国の話ばかりしている。……君のせいではないかもね……。君も図書館員なのだから、青柳文庫のことは一応知っておいた方がいいと思うよ」

と言って館長は笑った。

「はい」

申し訳なさそうに答えた摩耶に館長は、青柳文庫は青柳文蔵が多額の金子を仙台藩に寄付をして藩内に開かれた日本で最初の公共図書館であることを説明した。

「館長はその青柳文庫が父の死に関係があると思われますか？」

「そうね……たぶん……僕の当て推量だけれども」

父は仙台に出かけたが、多分母の墓参りではなかったのだろう。仙台に行って東京に戻ってきたのに家に戻らず、目白を徘徊していた。四日間も父はどこに行っていたのだろう。

その足取りを警察ならば押さえているのかもしれない。

そう思った摩耶は、手渡されていた名刺を取り出して大迫刑事に電話をした。大迫は席にはおらず、摩耶は電話が欲しいという伝言を残した。

電話はすぐにかかってくるだろうと思っていたのだが、夕刻になってもなかった。がらんとしている家の中で一人食事をするのは何とも寂しい。一人残された寂しさを摩耶は実感する。父に早く世帯をもってくれとくりかえし言われていたのを思い出す。家の中に充満していた線香の香りも今は薄らいでいる。

コンビニで買った総菜や弁当を食べ終わり、プラスチックの器をパリパリと潰しているときに家の電話が鳴った。

電話は携帯にかかってくると思っていたのにどうして家の電話なのだろうか、と摩耶が電話にでると、その電話は父の部下であった松岡周平からであった。

「少しお伝えしたいことがあるので、お時間をいただけないでしょうか」

と言う松岡に、摩耶は葬儀の際の手配について礼を言うとともに、それでは明日の夕刻、図書館近くの広尾のＢ喫茶店で、と指定した。


摩耶が電話を切ると携帯が鳴った。今度は大迫からである。

「遅くなりまして申し訳ありません。張り込みで署をずっと空けておりまして」

当たり前のことだが、摩耶は大迫が父の事件のみに関わっているのではないことを痛感した。

「こちらこそ、お忙しいところすみません」

「それで、お電話いただきましたのは？」

「その後、捜査の方はどのようかと」

「そのことなのですが……」

声のトーンが落ちた。

「先日申し上げましたとおり加害者が名乗り出ておりまして、供述に矛盾がないものですから、どうしてもうち崩せません。警察としては手立てがなく送検しましたので、我々の手からは離れたということになります」

大迫はすまなそうに話す。

「そうですか、警察……は……」

どうして最後までしっかりと捜査してくれないのか、という言葉を摩耶は呑み込んだ。

「申し訳ありません」

大迫が謝る。

「父が目白で事故にあいました前のことなのですが」

摩耶は話題を変えた。

「はい」

「四日間留守にしておりましたが、その間どこに行っていたのか警察の方でおわかりでしょうか」

「一応調べてありますが……お知りになられてどうされるのですか」

大迫の声が少し不安げになる。

「父がどのような旅をしたのか調べてみようと思いまして」

「う……ん。私の言い方としては矛盾きわまりないのですが、充分お気をつけください。できればご旅行は一人でない方が……ちょっと手帳を見てみます」

大迫の返答には少し時間がかかった。

「この情報は山口さんが所持されていたクレジットカードの履歴を調べてわかったもので、山口さんがこのとおり動かれたのかどうかは確認しているわけではありません。山口さんが他人の費用を支払われたのかどうか、あるいは他人がこれを使った可能性がないというわけでもない。もちろん確率としてはほとんどないと思われますが……」

と、断ったうえで、

一日目　十一時十一分　新宿駅で仙台までの切符を購入

十八時五十四分　仙台市内の喫茶店で支払い（額からみて複数人数分）

二日目　九時五十八分　仙台ホテルをチェックアウトし支払い

十八時三十三分　仙台空港で福岡までの航空券を購入

三日目　九時三十分　福岡シーサイドホテルをチェックアウトし支払い

十時十五分　銀行預金を五万円引き下ろし

四日目　クレジットカードを使った形跡なし

がわかっていると大迫は話した。

「福岡に着いてからの足取りは、なにもつかめないということですね」

と摩耶が疑問を口にすると、

「そうなのです。ここがまったく欠けているのは不思議なのです……」

大迫はいったんことばを切ったが、

「現金で買ったか……いろいろ考えられますが……ご存じでしょうが、事故にあわれたとき山口さんの所持金は三万九千円でした」

と続けた。

摩耶は父の性格から現金でモノを買ったりすることはないと思った。なにか現金が必要と思われることがあったに違いない。普段でも五万円程度は財布に入っているはず……。

「少しは落ち着かれましたか……?」

摩耶が約束の喫茶店に出向くと、先に着いていた松岡は席を立って声をかけた。

「いえ……まだバタバタしています。家でなにかみつからないものがあると『お父さん』と呼んだりして」

摩耶が苦笑する。

「そうでしょうね。父一人娘一人でしたものね」

と思わず言ってしまった松岡は少し後悔して肩をすくめた。

「それで今日はどのようなお話でしょうか」

「……えっと……無粋なお金の話です。なにか味気ないのですが」

と言った松岡は父の保険や見舞金のことについて話し出した。

「部長は退職をされましたが……」

父は会社の厚生会にはまだ在籍したままだったという。したがって今でも団体保険などに加入したままになっている。別件で厚生会に行く用事があり、ふと気がついて確かめてみると、摩耶から手続きがされていないことがわかった。保険などは請求がなければそのままになってしまうので早く手続きをされるように、とアドバイスをしてくれたのであった。

「そうなのですか……保険のことは自動車保険と、たいした額ではありませんが都民共済に加入していることはわかっていたのですが……。会社とはもう縁が切れたと思っていました」

「まあ……普通そうですよね」

と松岡は摩耶を慰めた。

「松岡さん、昔、何度か家にいらしてくださいましたね」

「そうですね……あの頃、摩耶さんはまだデパートにお勤めでした」

「そうでしたか……」

摩耶は、父が松岡や他の若い後輩たちを家に呼んだ頃のことを思い出そうとした。まだ母も元気だった。しばらくして母が亡くなり、なぜか急に父は会社を辞めた。なぜ辞めたのか本当の理由を摩耶は知らない。

その摩耶の気持ちを察するかのように、

「急に部長が会社を辞めるといわれたときは、僕たちは吃驚仰天《びっくり》でした」

と松岡は目をそらしながら言った。

「父がなぜ会社を辞めたのか、理由は知らないのです」

「そうですか……送別会のとき、その理由を誰かが聞きましたら、部長は奥様とご結婚されたとき、絶対に会社を辞めないと誓約させられたそうです。その重しがとれたからな……と笑っておられましたが」

「えっ……父はそんなことを言っていたのですか。そんな話、初めてです」

摩耶は眉を上げ本当に驚いた表情をした。

「松岡さん……ご結婚は」

摩耶が話題を変えた。

「いいえ、まだです」

「どうして」

これといった欠点もなさそうな松岡に摩耶が聞いた。

「いやだなあ……摩耶さんにふられたからですよ」

「えっ……私、松岡さんをふった覚えはないですよ」

「……へんだなあ……部長に摩耶さんをお嫁さんにもらえませんか、と聞いたら娘に聞いてみるといって……それからしばらくして、娘は考えられない、と言っていると言われましたよ」

摩耶にはまったく覚えがない。

「それ、たぶん父の作り話ですよ。ごめんなさい」

と摩耶は些《いささ》か気まずい思いになった。

「部長はひき逃げにあったそうですね」

今度は松岡が話題を変えた。

「ええ……そうなのですけれども」

摩耶は、加害者と名乗り出た男は身代わりでひき逃げは計画的なモノであった可能性があること、ひき逃げにあう前の四日間は仙台から福岡へと不思議な旅行をしていたことを話した。

松岡は摩耶の話で不明な点はその都度確認しながら、親身になって話を聞いてくれた。摩耶は聞き方が父に似ていることに安堵感を覚え、話を続けられた。

摩耶が話し終わると松岡は、

「これからどうされるおつもりですか」

と摩耶の行動を尋ねた。摩耶は一瞬、松岡がなぜそのようなことを尋ねるのか不思議に思った。

「なぜ父が死ななければならなかったのか、調べてみたいと思っています」

「ということは、部長が旅された足跡をたどるということでしょうか」

「はい……できれば」

「それは警察が言っているように、危険ではないのですか」

松岡は摩耶の話のなかにあった大迫刑事の言葉を引き合いに出した。

「でも……そうせざるをえません。……ので」

「そうですか……」

松岡はしばらく考えていたが、

「どうでしょう……部長の日程から考えて、仮に危険があったとしても、仙台の方はあまりないように思いますが、福岡にはあるような匂いがします。もしよかったら福岡の方はおつきあいさせていただけませんか」

「福岡は一緒に探索してくださるということですか」

「あくまでも私の提案です。無責任な言い方ですが、最終的には摩耶さんが判断してください。まず仙台で、どうして九州に行かれることになったのか調べていただいて、いったん東京に戻られてからあらためて福岡に行くという段取りではどうでしょうか」

「そうお願いしてもよろしいのですか」

「ぜひ、そうしてください」

摩耶は気丈夫だったが、大迫刑事に言われたように、一人旅はやはり心許ない。松岡の提案は渡りに船に思えた。相手が自分を好いてくれているという自惚れもあった。

しかし一方では、父の元部下とはいえ男性である。摩耶の心の中に迷いが生じる。

今日はこのままで後日断ろう、そんな気持ちに摩耶はなった。

松岡と別れて急ぎ足で家に戻ると、門前に怪しげな二人連れが立っている。

摩耶が門扉を開けようと鍵を取り出すと二人が寄って来て、

「山口さんですね」

と声をかけた。摩耶が怪訝そうな顔で見ると警察手帳を見せながら、

「愛知県警の谷田というものです。こちらは桑名です」

「なにか？」

「ご近所で伺いましたが、山口仲道さんは最近お亡くなりになったそうですね」

愛知県警がなぜ父のことを聞くのだろう、と摩耶の顔はきつくなった。

「実は名古屋で行方不明者がありまして、ご家族によるとこの名刺の人物に会ってから突然いなくなった、という話でして……。参考のために山口さんに事情を伺おうと参った次第で……」

「父は亡くなりました」

摩耶は紋切り型の口調になる。早く切り上げて家に入りたかった。

「この名刺は山口さんのものでしょうか」

刑事は父の名前の名刺の写真を見せる。経営コンサルタントと肩書きがあり、住所と電話番

号は自宅のものだ。しかし、父は退職して以来名刺をつくったことはないはずだ。

「父のものではないと思いますが」

摩耶は応えた。

「そうですか。誰かがお名前を騙ったということでしょうか」

「以前にもそんなことがあったと聞いています」

「ほう……お名前が騙られたことがあったということですか」

刑事が興味をもった言い方になる。

失敗した。誘導尋問に引っかかってしまったと摩耶は思ったが、なに食わぬ顔で、

「そんなことがあったと聞いたような気がするだけです。間違いかもしれません」

とうまく逃れた。

「そうですか……もしなにか気がつかれたことがありましたら、ここにお電話ください」

刑事は自分の名刺を摩耶に渡して引き上げていった。

「容子、来週か再来週、二、三日休みとれない？」

「このところ土日出勤しているから代休とれるわよ。三日か……二日なら大丈夫だけれど。まあ、調整してみるわ。どこ行くの？」

「仙台」

「例の件ね。いいわよ、温泉入れるかな。秋保温泉だとちょっと張るかな」

「大丈夫、任せて。父の遺産、予期していなかった分がちょっと入ったから」

松岡のアドバイスで厚生会に連絡をとった摩耶は、その額を聞いて気が大きくなっていた。

「無駄遣いしない方がいいわよ。まあ……今回だけは使ってあげようかな……」

「なんだ、容子らしくないことを言うかと思えば……」

「ところで、あの刑事さんにその後会った？」

「なに言っているの。会うわけないでしょ」

「あの人、警視庁のキャリアなんだって。国家試験の上級職を受かったっていう話よ」

「あなた、そんなことどこで調べたのよ」

と摩耶はあきれ顔。

「教えない」

容子はプッと横を向いた。摩耶は、大迫がほかの刑事から警視と呼ばれていたのを思い出した。自分の聞き間違いかもしれないと思っていたが、大迫は超エリートらしい。

仙台市博物館は仙台城跡の北側にある。江戸時代には伊達正宗で有名な青葉城、明治になってからは日本陸軍の司令部が置かれ、戦後はＧＨＱ進駐軍がキャンプ地として占有した。当然立ち入りは制限され、開発もされない。自然林が多く残り、今では貴重な国の天然記念物に指定されている。

父が新宿を十一時過ぎに出たとすれば、大宮経由で二時には仙台駅に着いたに違いない。まっすぐに博物館に向かっただろう。父が支倉常長の遺品を見るのは初めてではないにせよ、もう一度見ておこうという気になったのではあるまいか。摩耶と容子は、仙台駅の広いペデストリアンデッキを渡ってバス停に移動した。

バスは廣瀬川を渡って青葉山に向かっていく。

「お城ってどっちの方角なの」

バスから降りた容子が摩耶に聞く。

「たぶんあっち」

摩耶が南の方を指差す。

「なんだ天守閣ないのか。青葉城というからすごく綺麗なお城を想像していたのだけれど」

「はい、残念でした」

「仙台も空襲がひどかったというから、焼けちゃったのね」

「青葉城にはもともと天守閣はないのよ」

「ええっ……そんなお城あるの？　お城には天守閣がツキモノだと思っていたけれど」

「そうなのよね」

「政宗は高所恐怖症だったとか」

「すぐに出たにしては面白い冗談ね。ほめてあげる」

「じゃあ、どうしてよ」

「伊達政宗の頃って地震が多かったからだって、父は話してた」

「この前の大震災みたいな大地震？」

「そう、マグニチュード八とか七とかの地震が頻発したんだって……」

「昔から地震って、あったんだ」

「当たり前じゃない」

二人は青葉城二の丸の跡地につくられた仙台市博物館に入っていく。

「十字架はズタズタにされているのね」

支倉常長が持ち帰った宝物を見ながら容子が言う。

「キリスト教が禁止されているのだもの、当然じゃない」

「でも、どうして燃やしたり捨てたりしなかったのかしら」

「……」

容子の着想は面白い。

「だってキリスト教が完全に禁止されているなら、残しておくというのが不思議なのだけれども」

「容子、今日冴えているわね」

摩耶が同意する。

「ありがと」

「解説文で書かれているのと、父から聞いているのとは少し違うのよね」

「なにが？」

「父の話だと……」

常長は持ち帰った宝物はすべて主君政宗に献上した。常長の死後、常長の子常頼は、キリスト信仰が露見して断罪された。解説文では、常頼は宝物を隠し持ち、これが見つかって刑死したことになっている。しかし、主君の名の入った宝物を家臣が隠し持つということはありえないはずだ。ならばキリスト信仰の証拠となったものはなにか。それがエル・グレコの首飾りだったと考えればつじつまが合う。

「うーん……解説文だとエル・グレコが見つからない。それは困る」

と容子はあくまでエル・グレコ……である。

「うわ、これなに！　ナチスの紋章じゃない」

容子が支倉常長のローマ市公民権証書を見て声を発した。

「『逆卍に違い矢』って支倉の紋章なのよ」

「へえ、そうなの。すごくコワーい感じ」

「ローマ教皇の肖像画は、常長が伊達政宗に献納したって書いてあるわ。だったら息子の代に没収っていうのは変よね。お父さんの言っている方が正しいのじゃないかしら」

「……」

「それに公民権証書だって政宗の名前も書いてあるし、殿様の名前の入ったものを家来が持っているのはおかしいような気がする」

容子は一挙に父の良き理解者となった。

「史実と希望とをゴッチャにしない方がいいけれど……」

と摩耶は言ったが、それでも長い時間、支倉常長の展示に魅入っていた。

博物館前のバス停からバスを乗り継いで、父が行ったと思われる喫茶室にたどりついた摩耶たち二人は、コーヒーを注文した。

「いま博物館にどのぐらいいたかなあ」

摩耶が容子に聞く。

「ずいぶん長い時間いたような気がするけど、一時間くらいじゃない？」

「ちゃんと時間を計っておかないといけなかったわね。父が仙台駅に着いたのは二時ちょっと前。博物館に着くのが二時半。一時間いたとして三時半。ここに直接来たとすると四時。この店を出るのが六時五十分すぎ。人に会って話をしたにしても二時間五十分は長すぎる。……かな。もし三時間もいたなら、店の人は覚えているかしら……」

「お父さんの写真、持っていたわよね。貸して、聞いてみるから」

容子は摩耶から写真を取り上げて、カウンターでコーヒーを淹れているマスターらしき人のところに行った。

マスターは首を振り、ほかのウェイトレスにも聞いてみたが心当たりなしだった。

「いくら話が長くなったとしても、三時間もここにいたというのは変よ。たぶんこの店に来る前にどこかに行ったのよ、きっと」

容子はどんどん探偵めいた話し方になった。

「そうね、だったらどこに行ったのかしら」

「あなたの仕事場……あなた図書館司書でしょ。なにかわからないことがあったら図書館にって、摩耶はいつも言っているくせに」

「そう……ね、だったら仙台市の図書館ね」

「宮城県立の方が大きくないの?」

「そう、……でも宮城県立はたしか郊外だったと思う。だから二時間では往復できないはず」


「あの……」

二人が推理に夢中になっていると、先ほどのウェイトレスが声をかけた。

「あら……ごめんなさい。声が大きすぎたかも」

摩耶が首をすくめて謝ると、

「そうではないのです……。実はこのお店と同じ名前のお店が、この先のプラザの奥にもあるんです。そのお店とお間違いになられたのではないのかと」

「えっ……そうなんですか？」

摩耶はメモを見直したが、そこには町名と店の名前しかなかった。

「ありがとうございます。すぐに行ってみます」

「道路脇に青柳文庫の石碑が建っていますし、日本最初の公開図書館跡と大きな標識がでています。そこのビルの脇を入ったところです。すぐわかると思います」

青柳文庫……間違いない。摩耶は確信した。


教えられた店はすぐにわかった。青柳文庫の石碑は本を広げた形をして建っている。摩耶は江戸時代の本はこんな形をしていなかったはずだけど……と見ていると、容子が道路向かいのホテルを指して、

「あそこのホテル、ライブラリーホテルっていうのは青柳文庫に関係があるのかな」

と摩耶に聞くが、摩耶が知っているはずがない。

その店はガラス張りの洒落たカフェだった。そして店の女主人は父のことも、会っていた相手もよく覚えていた。

「お父様でしたか……大槻先生とお話をされていました。そうですね……一時間ほどお話されていたように思います。お勘定を自分が払う払わないと少しもめられたのを覚えています」

「大槻先生とは……」

「お医者様です。ここにもよくいらっしゃいます。お目が悪くなられて外科手術ができなくなったとおっしゃって医院をたたんでしまわれましたが、電話番号はそのままでしょうから、ここにお電話されたらいいと思います」

と言って女主人は父の友人らしき人を教えてくれた。

魔法の石

摩耶はさっそく教えられた番号に電話をする。

摩耶が大槻医師に、旅先から帰った直後に父が交通事故にあって死亡したことを話すと、大槻の言葉にはしばらく空白の時間が生じた。

摩耶が、「父が亡くなる直前にどのような旅をしたのかを尋ねたい」と話すと、すぐにカフェまでやってきた。父と会ったときのことを丁寧に説明してくれた。

父とは、子どもの頃、特に仲が良かった。会ったのは四十年ぶり、いやそれ以上かもしれない。

突然電話がかかってきた。今仙台にいるが会えないかと言う。それなら美味いコーヒーの店があるといってここで落ち合った。親の代からの医院をたたんでしまったのでどうして電話番号がわかったのか不思議だったが、仙台に来て図書館で調べたのだという。

顔の色つやもよく声のかすれもなく、会ったときの父は自分よりも五歳は若く見えたと大槻医師は話した。

昔話に花が咲いたが、父はふと、

「昔、大槻から薬を調合するのに養賢堂には恐ろしく硬くて、なにに当たっても傷ひとつ付かない石があると聞いたことがあったが覚えているか。どこにあるか知っているか」

と聞いた。

その話は覚えているが、その石が今どこにあるかは知らない。もっとも自分はそれを父親から聞いただけで実際に見たことはない。その話をしたとき、友チャンも知っている、と言っていたような気がする。友チャンなら知っているかも……。


「すみません……養賢堂って何でしょうか」

摩耶が口を挟んだ。

「養賢堂か……どう言えばいいかな。うーんと、伊達藩の学問所みたいなモノだな」

と大槻医師は言って話を続ける。


「どれくらいの大きさだったかわかるか」

と言うから、乳棒の先で使っていたのだから、親指と人差し指を結んでこれぐらいの大きさいやもう少し大きかったのではないか、と言うと、

「五十カラットぐらいかな」

と言う。

まるで宝石だな、と笑うと、

「かもしれないぞ」

と父はまじめな顔をして大槻の顔を見たという。


「その石について、父はほかになにか話していませんでしたか」

摩耶は、父がエル・グレコのことについて話してはいなかったかを確かめた。

「うーん……特にこれといった話はなかったが……この話が出る前に友チャンの話は出たが……」

「友チャンとは……」

「同じ幼なじみで……今どこにいるか知っているかと聞いていた」

「ご存じなのですか」

「いや、私は知らない」

「父は仙台に一泊して、明くる日の夜に福岡に行っているのです。なぜ九州に行ったかおわかりではないですか」

「いや申し訳ないが……見当もつかない」

と大槻医師は申し訳なさそうに言った。

「父は事故にあって、亡くなる前に『アオ』という言葉を残したというのですが」

「アオ……」

大槻医師は少し考えている様子であったが、しばらく間をとったあと、

「その言葉と私のところに来たということに関連があるのなら、たぶん青柳文庫がキーワードなのだろう」

と言って大槻は立ち上がり、店の女主人に何事かを言って一冊の小冊子を持ってきた。

「青柳文庫については、この本にいろいろと書いてあるから、読んでおくといいと思う」

と手渡した。冊子の表紙には『公共図書館の祖　青柳文庫と青柳文蔵』とある。目次を見てみると、どうやら先ほどの養賢堂と青柳文庫とは関係があるらしい。

「お代は」

「いいよ……。読み終わったら仏前に上げてください」

大槻の声は優しかった。そして、今日はこれから来客があるからと帰っていった。

「そうか。やっぱり図書館に行ったのか」

と容子は自分の推理に酔っている。

「でも……その硬い石ってなにかしら。摩耶のパパは宝石だと思ったのよね」

「硬い石っていえば金剛石……かな」

「金剛石ってダイヤモンドのこと……？　ダイヤモンドを普通の石と間違えるかしら。それに昔ダイヤモンドは日本になかったから、江戸時代で金剛石といえばアメジストのことだって聞いたことがあるけれど……」

容子が首を傾げながら言う。

「あなた、エル・グレコの宝石に興味があったんじゃないの？」

「そうか、グレコならダイヤでもおかしくないわね。でもダイヤモンドをそんな薬の調合石に使うなんておかしいわよ。見ればわかりそうなものなのに」

「そうね、父はなにを考えたのかしら……」

「ともあれ、グレコは常長になにか宝石らしきものを渡した。もしかしたら首飾りではないのかもね。でも何のためかしら……」

「ウーン……やっぱり常長の持ってきた宝石が、なんで薬の調合に繋がるのかわからない」

「そうね……父の発想って飛ぶから」

「発想が飛ぶのではなくて、飛んでいるモノに関連づけた発想ができるってことでしょ」

父の信奉者になった容子が言う。

「温泉に浸かって美味しいものを食べて、いただいた本を読んで、ゆっくり考えましょ。そろそろホテルまでのシャトルバスが出る頃よ」

秋保温泉

「秋保温泉って、六世紀ごろから歴史に登場するって温泉の入り口に書いてあったけれど、六世紀っていわれてもピンとこないわね」

容子が摩耶に言う。

「欽明天皇のときっていうと、百済から仏教が入ってきて、任那が滅亡した頃かな」

「かえってわからなくなった」

「そう？……欽明天皇というと確か推古天皇のお父さん、ということは聖徳太子のお祖父さんということになるわね」

「へえ、……それもピンとこないわね」

「あなた、歴史はまったくダメね」

「ここの温泉を奈良まで運んでいったら、冷めちゃって効能なんてなくなってしまうように思うけれど」

容子の話が現実的になった。

「でも、どこかの温泉を首都圏に運んで『なんとか温泉』ってやっている店、結構はやっているし、効能はあるんじゃない？」

「そうか……。確かに入ったあとぽかぽかするわね、ここの温泉。さすが『日本三御湯』だけあるのかな」

「海水みたいに塩分が含まれていて、お湯からあがったあとも肌についた塩が汗の蒸発を抑えてくれる。だから湯冷めしないいんだって」

「ふーん。それで……その本読んでなにかわかった？」

大槻から渡された本を机に広げている摩耶に聞く。

「青柳文庫の蔵書館は養賢堂の敷地内につくられたみたいね。だから青柳文庫にあったモノが養賢堂に紛れてるって可能性がなくはない」

「ちょっと待って、そもそもグレコの宝石が青柳文庫に入ったかどうかもわかっていないわよ」

「それはそうなの……。でも父はそう考えたのよね。養賢堂にあった不思議な石、それがグレコの宝石だと父は直感したんだと思う」

「摩耶の言うことはわかるけど、やっぱり論理的ではないわね」

「まあ、とにかく聞いて」

と摩耶は、大槻から渡された本から得た青柳文庫の歴史を容子に話し出した。

温泉でリフレッシュした明くる朝である。さすがに目覚めがよい。先に床から出た容子が、

「ちょっと」

と言ってフロントに何事かを尋ねに行ったが、肩を落として戻ってくる。

「どうしたの」

「秋保温泉と秋保大滝は、ぜんぜん場所が違うのね」

容子は秋保大滝に行きたかったらしい。

「そう……、私も子どものときにしか行ったことがないから、わからないけれど」

「車で三十分ぐらいかかるって」

「レンタカーで来ればよかったわね。車だと三十分なら歩いて……」

「三時間くらいかかるみたいよ。残念ながらここにレンタカーはないみたい。カーシェアリングもできないみたいだし。タクシーはちょっと気が引けるし」

「そう……今日はあきらめた方がよさそうね。もう一度温泉に入って食事して、そのあと温泉町ぶらぶらしてみましょう」

「うーん」

容子はかなり気落ちしたようだ。

工芸の里

秋保温泉は名取川に沿って開けた温泉場で、川の流れを見ながら歩いていくと、町はずれの小高い丘に「秋保工芸の里」という工芸村があった。案内板には仙台地方に伝わる工芸技術を保存継承するため工房がここに集められている、とある。ビジターセンターのような建物が入り口にあり、脇の坂を上がると、程良い平地になっていて、染織・こけし・埋もれ木・独楽《こま》・指物《さしもの》・箪笥《たんす》・一木造《いちぼくづく》りなどの工房に改造した古民家が独立して建っている。

容子はそのうちの、埋もれ木工房に興味をもったようだ。

訪れる人もまばらで閑散としている里だが、二人はその工房の住人と思われる若者に声をかけ、作品を見せてもらった。熱心に作品を見ている二人に、今まで暇そうにしていた若者が息を吹きかえしたように熱心に解説をしてくれる。

埋もれ木は、およそ五百万年前に地中に埋まった樹木が、地殻変動や火山活動で化石のようになったもので江戸時代に発見され、下級武士が皿などを内職で作ったのが始まりという。燃料として採掘された亜炭と同じ層から掘り出されて、仙台の名産品となった。しかし石炭から石油の時代に変わり、亜炭の採掘がなくなると埋もれ木も採られなくなった。

「埋もれ木は非常に重くて硬く、樹脂が多いので磨くと美しい光沢が出ます。『木のダイヤモンド』ともいわれます」

と若者が誇らしげに説明した『ダイヤモンド』という言葉に容子のスイッチが入った。

「埋もれ木というのは石炭の一種なのですか」

「そうです。石炭のなかで地質年代が最も新しいもの。亜炭の部類になりますね」

「ダイヤモンドも石炭も炭素でできていますよね。だったら石炭からダイヤモンドができますよね」

「僕も人から聞いた話ではっきりはしませんが……」

と言った若者は、容子の興味が埋もれ木とは別のところにあるのを悟って、気落ちしたようだった。それでも、
固体には原子が規則正しく並んだ結晶状態のものと、原子が不規則につながり結晶構造をもたない状態のものがあって、ダイヤモンドは炭素同士で正四面体の結晶構造になっているのに対し、石炭は結晶と非結晶が混じっている、と説明してくれた。

「さっきの彼、可哀想だったわよ」

坂道を下りながら、摩耶が容子に言う。

「なんのこと？」

容子は気づいていないようだ。

「だって、埋もれ木のことを一生懸命説明しようとしているのに、あなたがダイヤモンドのことを聞くから」

「……そうか。……でも、ダイヤモンドなんて言うからいけないのよ。完全に頭がそっちにいってしまった」

と容子は言うものの、悪かったかな……と、少し首をすくめた。

「ところで摩耶のパパ、へんてこな石を調べに来たということは確かみたいね。でもどうして九州に飛んだんだろう」

「大槻先生の話に出てきた友チャン、えーと伊藤さんだっけ。その人がなにか関係がありそうな気はするけれど、大槻さんは伊藤さんが今どこにいるか知らないと言うし」

「図書館では、伊藤さんのことも調べたのではないかしら」

「調べたのかもしれない。でもそれがわかっていたのなら、大槻さんに今どこにいるかとは聞かないでしょう」

「摩耶のパパ、携帯持っていなかったの？」

容子は、もし伊藤さんに連絡をしているなら電話をしているはずだ、と思った。

「持っていたんだけれど、事故のときに壊れてしまったみたい」

「……でも警察なら、調べれば発信記録でわかるはずなのだけれどなあ」

「そうね……でも、私が父の足取りを警察に聞いたときにはなにも言っていなかったから、手がかりはなかったと思うけれど」

「……伊藤さんてどんな人なのかしらね」

「大槻さんにもう一度電話して聞いてみようかしら……。もしかしたら叔父さんが知っているかもしれない」

と言って、摩耶はさっそく叔父の仲敏に電話をかけた。


「もしもし、叔父さん、摩耶です」

「ああ、摩耶さん。少しは落ち着いた？」

「叔父さん、私、今、仙台に来ているんです。お父さんが亡くなる前にどこに行ったのか知りたくて」

「……うーん。警察の人の話ではなにか事件性があるようなことを言っていたけれど、大丈夫なのかな。無茶しないでね」

「はい、充分気をつけます。ところで大槻先生にお会いしたのですが」

「大槻先生……お医者さんの？」

「そうです。大槻先生に、お父さんが伊藤さんという人のことを尋ねにいったそうなのです。叔父さん、伊藤さんという人知っていますか？」

「伊藤さん……友チャンのことかな」

「叔父さん知っているの？」

思わず摩耶の声がはずむ。

「いいや……昔、兄さんの仲が良かった幼友達ということしか知らない。……でも……そうだった。友さんのお父さんは長い間ロシアに抑留されていた人だったと思う。お父さんが帰られて、すぐにどこかに転居されたと思ったけれど……」

「それって九州ですか？」

「……いいや僕は知らない。……というか覚えていない」

礼を言って電話を切った摩耶は、伊藤という人は九州に転居したに違いないと思った。というか、今もっている情報から、父が九州に行った理由はそれしか考えられないのであった。

泉中央

「今日これからどうする?」

容子が摩耶に尋ねる。

「そうね……どこに行くってあてはないのだけれど……父が泊まったホテルに行ってみようかな。……それと大槻先生に、伊藤さんのことをもう一度尋ねてみようと思う。誰か伊藤さんのことを知っていそうな人はいないかとも……」

「普通ならいったん東京に帰ってきてもよさそうなものなのに。直接、予定になかった九州に飛んだのはひっかかるわね」

本当に予定になかったのか。摩耶にはそれも怪しく思えてきた。しかし、父は仙台空港で航空券を買っている。予定を変えた、と思うのが順当だ。

父が宿をとったホテルは、昨日大槻医師と会ったカフェ、つまり青柳文庫の跡地からすぐの場所にあった。工事中のためにビルの入り口が幕で囲われていて狭くなっているのだが、中に入ると明るい快適な空間が広がる。品の良いビジネスホテルである。

摩耶が事情を話すと、フロントの女性は当日の受付担当を調べてくれ、

「ちょうどその者も出勤しておりますので」

と言って呼んでくれた。しかし呼ばれた女性は父の写真を確認したうえで、父の様子に別段変わったことはなかった、フロントとの応対も特に変わったことはなく、予約はインターネットで当日されている、と話した。

「ここのホテル、バスから降りて目の前だったけれど、仙台駅からは結構歩くわよね」

容子がポツリと言う。

「地下鉄の駅はそこなのだけれど」

と、摩耶が仙台駅から一つ目の広瀬通駅の入り口を指して言う。

「ふーん、青柳文庫って広瀬通駅の真ん前なのね」

「摩耶のパパ、地下鉄でどこか行ったのではないの……地下鉄で行けるところで心当たりない？　地下鉄ってどこまでいっているの……？」

「泉中央だけれど」

泉中央と聞いて容子の目が突然輝いた。

「私にとってY君のスケートリンクは聖地なのだけれど」

と容子はオリンピックで金メダルをとった選手の名前をだした。

「摩耶のママのお墓ってどこなの？」

「仙台市営墓地。泉中央まで行ってそこからかなり遠いの。今日はバスが出る日ではないし、行くとしたらタクシーかカーシェアリングね」

容子のフィギュアスケート熱にはついていかれないと話を打ち切って、摩耶は大槻医師に電話をする。

丁重に先日のお礼を言ったあと、伊藤氏の近況を知っていそうな人はいないかと尋ねた。

大槻医師の話によると、
伊藤さんの名前は友厚、自分たちは友チャンと呼んでいた。母一人子一人と思っていたが、十歳ぐらいのときに父親がロシアから帰還した。父親の仕事先に三人とも移転したので小学校の卒業記録にもないはずだ。

父親がいなかったため、かなり生活は苦しかったに違いない。そのせいかどうかわからないが、友人も自分と山口しかいなかったと思う。

空襲ですべてをなくしたといっても、伊藤も代々、伊達の家来だったから仙台には愛着があったとは思うが、移転したあと仙台の人とどのようなつながりがあるかはわからない。

ということだった。

「父は大槻先生とお会いしたあと、どこかに行くと申しておりましたでしょうか」

「明日はどんな予定だと聞いたら、墓参りと言われたような気がするが……」

「そうですか。ありがとうございました」

丁寧にお礼を言って摩耶は電話を切った。

お母さんの墓参りに仙台に行くと言ったのは、あながち思いつきではなかったのかもしれない、摩耶は思った。


「さて、完全に手詰まりね。九州への足取りはまったくつかめない」

「でも摩耶のパパがお墓参りに行ったのは確か……ではないの？」

「お墓から九州にはつながらないけれど……」

「せっかく仙台まで来たのだからお墓参りしたら？　私はY君のスケートリンクに行くから」

容子はもうすっかりYモードに入っている。

墓地

摩耶の母親が眠っている仙台市営墓地や、容子が聖地といって憚《はばか》らない仙台市アイススケートリンクは、仙台市泉区内にある。泉区はもともと仙台市に隣接した西北部に広がる泉市である。一九八八年仙台市に合併されて、翌年仙台市が政令指定都市に移行して泉区となった。

容子の目指すスケートリンクはショッピングセンター跡にあり、駅からバスで近くまで行ける。しかし墓地へは公共交通の便がない。お彼岸の頃には臨時のバスが出るのだが、もちろん今日は出ていない。

駅前のカフェで合流することを約束して、摩耶はカーシェアリングを利用した。途中で花屋に立ち寄り仏前花を買う。車で片道約三十分の道のりである。

摩耶は運転をしながら、この墓苑までの道のりを父はどうしたのかと思った。

父はカーシェアリングのパスはもっていない。ならばレンタカーか。しかし、レンタカーならばクレジットカードが利用されているはずだ。しかしその記録はなかった。現金で払ったのか。いや父の性格としてそれはない。

残るはタクシーしかない。ならば帰りはどうしたのか。もちろん電話で呼べばタクシーは来てはくれるが……。

仙台市いずみ墓苑は丘陵の中腹を利用してつくられ、緑に囲まれた公園墓地である。入り口近くに花を売っているところがあり、摩耶はわざわざ買ってこなくてもよかったのだ、と思いながら線香を買った。店の老年の女性に父の写真を見せ、

「この人に記憶はないか」

と尋ねたが、かぶりを振るだけだった。父は来なかったのか？　一瞬、摩耶は不安になった。

見覚えのある墓苑内の道を車で登っていく。母の眠っている区域の入り口に車を停め、桶に水を汲んで、小砂利の道を踏みしめ音を立てながら歩いていく。

やはり父は来ていた。

墓前の花入れには枯れかかった花が入ったままで、墓石は洗われた様子である。花を入れ替え、墓石に水をかけ、線香に火をつけ、静かに合掌をして母に問う。

「お母さん、お父さんはここからどうして九州なんかに行ったの？」

むろん、墓石が応えるはずもない。どこからか、摩耶が焚いている線香とは異なった香りが

風に運ばれてくる。

ああ、私以外にもお墓参りに来ている人がいるのだと思った瞬間、摩耶はひらめいた。

そうだ、お父さんは墓参りをして同じように墓参りをしている人に会ったのだ。

もしかすると……。摩耶は大急ぎで墓前を片づけると、墓石に向かって、

「ありがとう。お母さん」

と大声で叫び、墓苑事務所に車を走らせた。

受付にいた初老の男性に、

「すみません。お墓の場所がわからなくなってしまったのですが……」

と尋ねる。

「はいはい……今日は二度目だな。……お名前は？」

「伊藤友厚という名義になっていると思うんですけれども。そのお墓の場所を教えてもらえませんか」

「伊藤さんね。友は友達の友でいいのかな……」

と言いながら台帳を取り出して、

「あった。これだな。○区×××番ですね」

と教えてくれた。

「ありがとうございます」

と言って出ていく摩耶の背中を、

「しっかりメモしておいてくださいね」

と老人の声が押した。

摩耶は教えられた番号と母の墓所の番号を見比べてみる。区は同じ、番号も近い。間違いない。

その墓所に行ってみると、同じように枯れた花が入っていた。摩耶は母の墓前に戻り、少し花を分けて枯れた花を差し替えた。墓石の裏には「友厚建立」の文字が見える。父親らしき人が亡くなったのは数年前のようだ。その人の祥月命日が、父がここを訪れたであろう日に重なっている。


摩耶が泉中央の駅前カフェに戻ると容子はすでに座っていた。どうも様子が変だ。コーヒーはほとんど飲まれておらず、冷たくなっている。約束の時間よりはだいぶ早いのだが、容子は少し涙ぐんでいるようだ。

「容子……どうしたの。スケートリンク休日だった?」

摩耶が声をかける。

「私って悪い子だよね」

「なにを急に」

「だって摩耶は一番悲しい目にあってお墓参りに行ったのに、私ってY君に夢中になっちゃって摩耶にもついていかないで……」

「なんだ、そんなこと気にしていたの」

「ごめんなさい。ごめんなさい。……本当にごめんなさい……」

と容子がぐずぐず言い出すのを、

「やめてよ、みっともないから……それよりわかったわよ……」

「……なにが？」

「伊藤さんのお墓が……」

「伊藤さんのお墓？」

摩耶が母の墓のすぐそばに伊藤家の墓があり、墓石に刻まれた記録から父が墓参りをした日が伊藤氏の父親の命日にあたっていることを話した。

「でも、伊藤さんが九州に住んでいるかはわからないのでしょう？」

容子の頭の回転が戻ってきた。

「そうね……それを調べるには、あなたのお気に入りの刑事さんに聞くしかないわね」

大迫刑事に調べてもらおうと摩耶は容子を慰めるように話したそのとき、隣の席に座っていた高校生が「Y！」と叫んだように聞こえた。容子はロボットのように目の前にあった携帯をわしづかみにして外に飛び出していく。

摩耶は呆然となった。目の前の光景が理解できない。

容子の飲み残した冷めたコーヒーを飲んでいると、しばらくして、さっきは泣いていた容子が別人のように顔を紅潮させて戻ってきた。右手に携帯。左手の親指を立てて、

「やったわよ……うまく撮れた」

目白不動

東京に戻った明くる日の勤務は午後からだった。大迫刑事に電話して伊藤友厚氏の住所を調べてもらおうかと思ったが、断られても困る、と思い返して目白警察署まで出向くことにした。受付で大迫刑事の名前を言うと、しばらくして見覚えのある制服姿の女性警官が下りてきた。

摩耶が軽く会釈すると、

「申し訳ありませんが、大迫警視は本庁に転勤されました」

と言う。

「本庁というと警視庁なのでしょうか。急なご転勤ですか？」

摩耶が予期しなかった事実に驚いて尋ねると、

「いいえ、警察庁です」

と耳慣れない言葉が返ってきた。女性警察官は転勤事由についてはなにも応えてくれない。

「ご連絡することは可能でしょうか」

「そうですね。私の方から連絡をとってみましょうか。山口さんでしたね。念のため携帯電話の番号を教えてください」

と言い番号をメモすると、

「それでは」

と言ってあっけなく階上に引き上げていった。

摩耶は本当に連絡をとってくれるのだろうかと、半ば不安に思いながらも目白警察をあとにせざるをえなかった。

あまってしまった時間をどうしよう。

摩耶は目白不動に行くことにした。父が事故にあった場所近くである。


目白警察はＪＲ山手線目白駅前の目白通りを学習院大学の敷地に沿って東に向かったところである。以前に大迫からもらった手書きの地図を見ると、目白不動はさらに目白通りを東に向かい、千登世橋というクラシカルなデザインの橋の近くにある。千登世橋は橋上に目白通り、橋下に明治通りが立体交差になっていて、都電荒川線が明治通りに並行して走っている。摩耶はふと父が鉄道好きだったのを思い出した。

千登世橋のたもとにある花壇に建てられた文化財案内板には「幹線道路同士の立体交差としては都内で最初期のもの」と書かれている。

橋詰にある石張りの重厚な階段を下りると、都電の学習院下駅の石畳ホームがあった。

明治通りを挟んだ対面には中学校らしき建物があって、千登世橋中学校と標識がされている。館長は高田中学校は廃校になったと話していたのだが、通りがかりの婦人に聞くと、自分も高中の卒業生であると言い、十年ぐらい前に廃校になって近くの雑司谷中学校に合併され、その後、合併した中学校がそのまま旧高中の敷地に戻ってきて、今は千登世橋中学校というのだと話してくれた。

摩耶が目白不動の場所を聞くと、これもまた丁寧に教えてくれた。

明治通りから一歩、中に入ると静かな住宅地。金蔵院目白不動の案内標識が至るところで目にはいる。寺はいかめしい山門とは裏腹に、境内に入ると広い庭になっていてコンクリート造りの本堂に直面する。

青柳文蔵の墓は、山門を入ったところからすぐに見渡せる一段高くなった歴代住職たちの墓の脇に建っていた。白い案内板には「図書館の始祖、青柳文蔵」と紹介されているだけで詳しい説明はない。

父は何のためにここに来ようとしたのか……。なぜここに来ようとしたときに殺害されなければならなかったのか……。

階段を下りて山門まで戻ってくると、コンビニ袋を下げた老婦人が入ってくる。

「このお寺の方でしょうか」

摩耶が思い切って尋ねると、

「はい……なにか」

と婦人が応える。住職夫人のようだ。

「実は○月○日に山口という……私の父なのですが……お寺を訪ねて来ませんでしたでしょうか」

「近くでひき逃げのあった日のことですね。警察からも聞かれましたが……お参りになられたのかどうかはわかりませんが、お寺の者がお目にかかったことはありませんでした」

婦人は申し訳なさそうに話す。


警察は一応ここまでは調べているのだ、と摩耶は大迫のことを思った。しかし大迫から電話はまだかかってこない。大迫から渡された地図には、父が事故にあった場所に×印がしてある。氷川神社の前らしい。摩耶は少し不安になったが、ほんの数分の距離である。ここまで来たのだからと、意を強くして歩いていった。

目印は氷川神社となっていたが、その場所は南蔵院というお寺の前でもあった。

門前に掲げられた南蔵院の由緒書きを見ると、本尊は奥州藤原氏にゆかりのある薬師如来像とある。室町時代になってから東北の農村で発見され、ここに運ばれて祀られたという。

奥州藤原氏は一関。青柳も、支倉も、山口もみんな一関でつながっている。

その仏様の前でお父さんは死んじゃったのかしら……。


摩耶の携帯が鳴った。

「仙台はいかがでした」

大迫の声が聞こえた。

「大迫さん、私が仙台に行ったの、ご存じなのですか」

摩耶が不思議に思って言うと、

「いいえ、知りませんよ。でも山口さんのことだから行くだろうとは思っていましたが……」

「……」

「それで、なにかわかりましたか」

「はい、いろいろと……お会いしてお話ししたいのですが……」

摩耶はいきなり伊藤氏のことを調べてくれとは言い出しにくかった。

「そうですか……勤務先が変わりまして少しごたごたしていますが……明日の夕刻はどうですか」

「すみません。明日の勤務は八時までなのですが……」

「ああ、そうですか。その方が私にとっては好都合です。えーとお勤めは広尾でしたね。でしたら八時半に、六本木ヒルズの五十一階にイタリアンレストランがありますので、そこにしましょう。多少遅くなってもかまいませんから」

と言って大迫は電話を切った。

その様子が、あたかも自分の行動が見透かされているようで摩耶は妙な気分になった。

館長の推理

摩耶の勤める図書館は地下鉄広尾駅と六本木駅の間、広尾から歩いて十分ほどのところにある。六本木が高台にあるのに対して広尾は谷間にある。その傾斜地を利用して有栖川宮公園がある。明治維新の立役者、有栖川宮が晩年住んだ邸宅跡である。図書館に行くには、やや勾配の強い公園内の遊歩道を登るのが近道である。

摩耶が急ぎ足で登っていくと、上から田村館長がおりてきた。

摩耶を認めると、

「仙台に行っていたんだってね」

「はい、そうですけれども、どうして館長がご存知なのですか」

「昨日、あなたに用事があって電話したら、休みをとっているという話だった」

「なにか御用でしょうか」

「今の出勤ならすぐにカウンター業務だね。時間があいたら僕の部屋に来てください」

と言った館長は、急ぎ足で下りていった。

田村館長の言葉どおり、この日の摩耶の勤務ローテーションはまず二時間、カウンターでのレファレンスである。レファレンスという図書館用語は図書館人以外には馴染みの薄い言葉であるが一般的には資料相談と訳されている。もともとは蔵書の内容でわからないことや、どの本を見ればよいかわからないときに手助けをするのが仕事であったが、この頃では利用者が疑問に思うことすべてを調べて差し上げるサービスになっている。

摩耶はいつも不思議に思うことだが、レファレンスで受け付ける質問は、驚くほど自分が疑問に思って調べたりしていることに重なる。時事関係ならば世間一般、興味があることが共通しているのは当然だが、身のまわりで起こっている出来事に関連するような質問がよくあるのだ。

この日の初めのレファレンスは「ダイヤモンドは一番硬い物質なのにどうやって磨くことができるのか」というものだった。

質問者は若いお母さんらしい感じで、おそらく子どもの「調べ学習」の代行をしているようだ。「学校の宿題を手伝うことはできません」と断っても、子ども思いのお母さんに「そうではありません。自分の興味です」と否定されるだけだと思い、摩耶は調査に取りかかった。

ダイヤモンドを研磨する手段は、ダイヤモンド同士をこすり合わせることである。この方法を知っていた摩耶は、簡単に出典を調べてレファレンスの回答をした。

しかし調べるなかで、摩耶はこの研磨方法が発明されたのは十五世紀の終わりの頃になってからだ、ということを初めて知った。ずいぶんと最近の新しい技術である。

ダイヤモンドのカット方法でよく耳にする、ブリリアント・カットが創作されたのは十八世紀になってから。それまでダイヤモンドの宝石としての価値は高くはなかった。

ルネサンス後期、メディチ家の装飾を一手に引き受けたベンヴェヌート・チェリーニはダイヤモンドの価値をルビーの八分の一以下だとしていた。今日では考えられないほど価値が低いのだ。

ブリリアント・カットが発見される前、ダイヤの研磨方法は表面を磨いて光を反射しただけのもの。その輝きは今日と雲泥の差がある。

ダイヤモンドの輝きが美しいのは、ダイヤの表面に当たって直接反射する光と、ダイヤの中を通り内部で屈折して再び外に飛び出してくる光と、ダイヤが光を分解してプリズム反射を見せる三種の光が合成されるからである。

十九世紀にはいると、当たった光すべてをいかに反射させてダイヤを輝かせるかと、幾何数学を駆使してカット手法が設計される。こうしてダイヤは輝きを増し、価値を絶対的なものにしていった。そしてその技術をもつ者が特別な存在になった。

摩耶がカウンターを離れて自席に戻ると、課長から「館長からのお呼び」と声をかけられた。出勤途中でその話は聞いていたが、席を離れやすいようにする配慮に摩耶は感謝した。

摩耶が館長室に入ると、館長はパソコンに向かってなにかを打っている最中だった。

「よろしいでしょうか」

声をかける。

「二、三分待ってください」

一瞬パソコンから目を離し、手振りで長椅子をすすめる。

一区切りしたのか、館長は引き出しから細長い紙包みを取り出して摩耶の前に置いた。

「僕たちの仲間の一人がね、山口さんの仏前でこの線香を焚いてほしい、と言付かってきた」

「……」

摩耶が首を傾げていると、

「専調協の仲間だよ。坊さんなんだ。たぶん宗派は違うと思うけれど。この線香は高野山の特別製のものらしい」

「ありがとうございます。こんな貴重なものを……」

「お金だとか品物だとなにかお返し……みたいな話になるけれど、線香だから気兼ねなくそのままもらっておいてください。それからこれがその坊さんの住所と名前です。はがきでいいから礼状を送っておくといいね」

と館長は優しく助言した。

「すみません……いろいろご配慮いただいて……」

摩耶は姿勢を正した。

「それで……仙台は……お墓に納骨したの」

「いいえ納骨はまだです。……四十九日までは家にいてもらおうと思っています」

「……」

摩耶が続きを話そうとするのを館長は黙って促した。

「父が仙台に行ったのは、やはりエル・グレコに関連していたようです」


父は仙台市博物館に行き支倉常長の宝物を見て、中心地に戻って幼友達の大槻医師に会った。翌日、母の墓参りにいずみ墓苑に行ったようだ。大槻医師に、昔、養賢堂に薬剤の乳棒に使っていた不思議な石について確かめるとともに、同じように幼友達だった伊藤友厚さんのことについて尋ねていた。

伊藤さんの消息は大槻医師も知らなかった。摩耶が墓参りをして、もしやと思い管理事務所に尋ねると、母の墓の近くに伊藤友厚という人が契約している墓があり、その父親らしき人の命日と父が墓参りした日とが一致している……。

田村館長は黙って摩耶の話を聞いていたが、話が終わると、

「どうやって伊藤さんのお墓を探りあてたの」

と聞く。

「それは……管理事務所に行って、伊藤ですけれどお墓がどこだかわからなくなっちゃったんですけれど、と言ったら……」

「なるほど……若い女性でなくてはできない芸当ですね」

館長は苦笑した。そして腕組みをしてじっと窓の外を見ていた。あまりに沈黙が長いので摩耶が立ち上がろうとすると、

「その石がダイヤだったら大変なことになるね」

摩耶の顔を真っ直ぐに見る。

「はい……」

「エル・グレコはなぜダイヤを支倉に渡したのだろう。十七世紀だとダイヤはそれほど高価なものではなかったはずだが」

話が思わぬ方向に進みそうだが、摩耶はただ聞くほかはない。

「君も知っているだろうけれど文書記録学会というのがあってね。たぶん山口さんも入っていたと思うのだが……聞いたことはない？」

「いいえ、ありません」

摩耶は考えたがそのような記憶はなかった。

「例の支倉常長の宝物がユネスコ遺産になったときも学会は少し関係したのだが……それでその当時のスペインについても勉強させられた」


ギリシャ人のエル・グレコはスペインで活躍はしているが、スペイン王、つまりフェリペⅡ世とは相性が悪くエスコリアル宮殿を追い出されているはず。

現在、王立美術館にあるほとんどのエル・グレコの作品は、王家が購入したものではなくて後に好事家から寄贈されたものだ。

エル・グレコは無名時代に妻帯していたため、スペインに来てから知りあった女性との結婚が認められず、子どもは私生児の扱いしかうけられなかった。これが彼の最大の悩みだった。

何度も裁判を起こしているが徒労に終わっている。

「ああ、そうなんですね。エスコリアル宮殿になぜエル・グレコの絵があるのか不思議に思っていました」

摩耶はファセクラ夫人との会話を思い出していた。

「『聖マウリティウスの殉教』の絵ね。僕はなぜあの絵が反カソリックになるのかわからなかったけれど」

「館長、それでグレコがダイヤを渡したということは、どういうことなのですか」

「僕なりの解釈をするとね、旧教の異端裁判を嫌ってオランダに逃げていった人たちと、グレコは通じていたのだろうと思う」


ダイヤモンドは十三世紀頃、インドの鉱山で発見されたものが始まりである。ダイヤの研磨技術が発見されていない頃は、発見された原石そのままが美しいか、あるいは衝撃を与えたときに割れて、偶然、輝きが美しくなったものだけが賞翫《しょうがん》された。

ダイヤはインドから地中海、そしてベニスを経てヨーロッパ各地にというルートで広まった。この取引はユダヤ人と関係が深い。取引の中継地はベニス・ブルージュ・アントワープと、時代とともに推移した。そして、十五世紀にインドへの直接航路を発見したポルトガルが覇者となって、リスボンへと移行した。

しかし、十六世紀に起こった宗教改革は、旧教徒側の内部に異端審理の宗教裁判を激化させる。スペインやポルトガルに住んでいたユダヤ人は、異端裁判を逃れて市民的な自由が認められていたオランダに移住した。そして二十世紀になって、ナチスによる産業破壊によって幕を閉じるまで、アムステルダムはダイヤモンドの原石取引と研磨、すなわち商業的・産業的の中心地として続いていく。

グレコは自分の境遇に不満を抱いていた。その根本原因は旧教教理にある。グレコは宝石を支倉に言付けた。グレコが宝石を支倉に渡したことを知ってフェリペⅢ世は怒り、支倉の残った一党を迫害した。

「だいたいこんなアウトラインなのだけれど。あたっているかな……」

と言って両手を組んだ。

「父は墓参りで偶然に伊藤さんに会って、そのまま九州に行ったのでしょうか」

摩耶は自分の抱いている疑問を田村館長に話した。

「伊藤さんという人に山口さんが偶然会ったかどうかは、今のところ確かではないよね」

「私の勝手な推理でしかありません」

「伊藤さんの住所とか連絡をする方法には、見当がついてるの？」

「それは墓地の所有者名簿には書いてあると思います」

「それで?」

「警察なら調べてもらえるのではないかと思うのですが」

「……なるほど。なにか手づるはあるのかな」

「父の事故を調べてくださっていた刑事さんにお願いしようかと」

「そうですか……」

と田村館長がなにか言いたそうなのを見て取った摩耶は、

「ほかになにか」

と促した。

「僕は青柳文庫、つまり養賢堂と九州を並べると引っかかることが一つあるのだよ」

意外なことを言う館長に、

「どんなことなのでしょうか」

と摩耶が尋ねる。

「う……むなかなか筋が上手く組み立てられないんだ。下手につくってしまうと人を傷つけてしまうし……あなたが伊藤さんの連絡先の調べが済んだ頃には見えてくるかもしれない。もうしばらく時間をください」

と言った館長は続きを話そうとしなかった。

六本木ヒルズ

大迫刑事の指定した六本木ヒルズは、摩耶の勤める図書館から十五分ほどの距離にある。落ち着いた広尾の街並みに比べ、華やかなそして摩耶にとっては空虚に感じる繁華街である。

多少遅れてもいい、と大迫は言っていたが、もしかすると自分が遅れる可能性があることを遠回しに言ったのかもしれない、と勘ぐったが摩耶はこころもち気が急いて早足になった。

レストランで名前を言うと奥まった絶景の見える席に通された。大迫はすでに座っている。

ボーイが摩耶の後ろにつき椅子に座るのを補助する。あらかじめ注文してあったらしくワインとひととおりの食事が適宜運ばれてくる。

「よくいらっしゃいました……というのは変な言い方かな」

大迫はぎこちなく言葉を発した。

「すみません。私からのお願いでお時間をいただきましたのに、近くまでご足労くださいまして……」

「いや……」

と大迫は言葉を濁らせる。

「大迫さんはよくこのレストランにいらっしゃるのですか。ここ、夜は会員制だと聞いていましたけれども」

「……うーん。……白状しますとね、僕はここの住人なのです」

「……大迫さんヒルズ族なのですか」

摩耶は少し流行遅れの言い方をした。数十年前、週刊誌などで賑わせた言い方である。

容子の情報では、大迫は上級試験を通った英才だという。

そのうえに大金持ちなのか。

「山口さん、いったいこの男は何者なのだろうって顔をしていますね」

心の内を見抜いたようなこのせりふに摩耶は、

「だって六本木ヒルズに住むなんて、部屋代はいくらなんだろうって考えますよ」

と応える。

「ははは……そうですね。でも家賃はみんなが思うほど高くはないのです。僕のところは狭いですから月五十万ちょっとというところですね」

「国家公務員って、そんなにお給料いいんですか」

思わず聞いた摩耶は、

「すみません立ち入ったことを聞いて」

とすぐに謝った。

「そうですね。……家賃で給料は飛びます」

「……」

摩耶が次の質問をしていいものか迷っていると、

「実は……」

大迫が話し出した。

「僕の特技は動体視力なのです」

「はい……?」

何だろうずいぶん飛ぶな……、摩耶は大迫がなにを言おうとしているかわからない。

「スロットマシーンって知っていますか」

「はい、ゲームセンターにあるゲーム機のことですね。レバーを引いて三つボタンを押して絵が揃えばコインが出てくるマシーンですね」

「はい。僕はあのマシーンだと、全部あてることができるんです」

「えっ……? それってどういうことですか」

「次から次へと変わる絵の部分は当然つながっていますから……、コンピュータ制御の場合も同じです。廻っている絵の順番さえわかってしまえば、絵を横に揃えるのは簡単なのです」

「……でも次から次へ絵が変わって、私なんか何が描かれているかもわからないですよ」

「そう。だから僕の特技なのです。今はもうだいぶ衰えてしまいましたが、昔は廻っている絵とかマークがはっきり見えました」

摩耶は大迫の瞳をまじまじと見た。世の中にはこんな人がいるのだ、普通の人と変わらないように見えるけれど。

「ゲームセンターで百戦百勝なのを見た悪友が、一度海外のカジノでやったらと言うので、学生のときラスベガスに行ってスロットマシーンをしました」

「それで」

摩耶は身を乗り出した。

「一生かかっても稼げないようなお金を手にしました。宝くじの賞金くらいかな。いやそれよりも多いかもしれない」

「すごい」

思わず摩耶の口から歓声が漏れた。

「日本に帰ってきたら上級試験の合格通知が来ていて。ラスベガスに行く前は合格したら財務省か国交省に入ろうと思っていたのです。でも大金が入ったので、それをやめて警察庁に入りました」

「なぜ警察庁なのですか」

誰だって疑問をもつだろうと摩耶は思う。

「僕の父母も山口さんと同じで……といってもひき逃げではないのですが……ある事件に巻き込まれて亡くなっているのです。犯人はいまだにつかまらない。警察庁に入ったらどうして父母が死んだのか少しでもわかるかな、と思ったのです」

目の前にいる大迫も同じ境遇だったのか。摩耶はため息をついた。

「それで……アメリカで大金を得たといっても、現金をそのまま日本にもってくるのはかなり面倒なのです」

「そうですね。大金を日本に持って帰ってきて外為法で捕まった、という話を聞いたことがあります」

ラスベガスで得たお金は銀行に預けてクレジットカードをつくった。悪銭身に付かずというとおり、お金は無制限に使えばすぐになくなってしまう。父母の事件の捜査のため、そして自分の身の安全のため以外には使わない、とルールを自分で決めた。六本木ヒルズは自分の知る限り日本で最も警備がしっかりしているところなので、ここに住むことに決めた。幸い外国人も多いのでアメリカのクレジットカードが有効に使える。

「というわけで僕はここに住んでいるのです」

大迫は長い話を終えた。そして、

「すみません。今日は山口さんのお話を聞くのが目的でしたね。こんな話を他人にしたのが初めてでしたので、ついついつまらない話が長くなりました。ごめんなさい」

「つまらないなんて……」

摩耶は首を振った。

田村藩

「山口さんはやはりお墓参りをされたのですか」

「はい、一応、墓参りはいたしました」

「いやあ……ごめんなさい。お父様のことをお聞きしたつもりでした。ややこしいな……お父様のことは山口さん、あなたのことは……」

「摩耶です。摩耶と呼んでください」

「そうします。山口さんはお墓参りをされていたのですか」

大迫はあらためて聞いた。

「はい……」

と摩耶は頷き、田村館長に話したよりも詳しく、そして自分の感情を加えて話し、館長が話したことも付け加えた。

大迫はノートを取り出して、摩耶の話をメモを取りながら聞いていた。

「摩耶さんが仙台に行かれてわかったことは……」
・山口さんは摩耶さんの話を聞いて、昔、大槻さんが話していた不思議な硬い石のことを思い出した。
・山口さんは、グレコの託した宝石と大槻さんが話した石について関連があると直感的に理解している。
・その石について山口さんは大槻さんに確かめに仙台に行った。二人のほか、伊藤友厚さんもこの石について知っている。
・伊藤さんの行方について、二人は知らなかった。
・伊藤さんの父親は、終戦後シベリアに抑留されてしばらく帰ってこなかった。
・摩耶さんが墓参りに行くと、近くに伊藤家の墓があった。
・摩耶さんは山口さんが墓参りに行ったとき、偶然伊藤さんに会ったのではないかと推測した。
・不思議な石は何者かによって持ち去られ、行方不明である。

「こんなところですかね」

大迫は摩耶にメモを見せた。

「はい、それで、伊藤さんの住所を調べていただけないかとのお願いなのですが」

「うーん、そうですか……まあ、調べられないこともないけれど……。それより支倉常長が持って帰った宝石と山口さんがピンときた不思議な石がどう結ばれるのか……さっぱりわからないですね。館長さんは、その点、どのように解釈されているのでしょうか」

「田村館長は、その点については、まったくおっしゃっていませんでしたが」

「そうですか……。その業界の方だと不思議には感じないのですかね……」

と大迫は腕を組んだ。

「私が思うには……」

「摩耶さんが思うには……」

と大迫はオウム返しで摩耶が話しやすくした。

「お上手ですね……」

摩耶が、くすっと笑って大迫の顔を見る。

「えっ……なにが」

「私たちカウンターでレファレンスの仕事をしていますでしょ」

「はい……」

今度は大迫が、なにを言い出すのかという顔になった。

「一番難しいのは、利用者の方がなにを調べたいのかを聞き出すことなんです」

「ああ、そうなんでしょうね」

「そのテクニックで一番有効なのが、オウム返しで聞く方法なんです」

「そうですか。それって、犯人を自白させるときのテクニックでもありますね」

大迫は自分の職業に合わせて相づちを打った。

摩耶は、

「私は今犯人だったんですね」

とケラケラと笑いだし、大迫もつられて笑いだした。

「支倉家は常長の次の代、常頼が改易になっているのはご存じですか」

「それは書物で読んだ記憶があります」

改易の理由は常頼の弟、常道がキリスト教徒であることが露見したことによる。そして常頼の子の常信の時代には石高は半減するがすぐに復帰している。仙台市博物館で見た常信の上申書には常道は他国に逃亡したと記録されていた。常道が逃亡した他国とは田村藩のことではないか。田村藩は今の一関市周辺。支倉常長が伊達政宗から拝領した領地も含まれている。

また、青柳文蔵の出生地は田村藩の東側に隣接する松川である。

常道が隠し持っていた遺品は青柳文庫が創設されるのを機にほかの宝物や医学書などと一緒

に伊達藩に入ったのではないか。一関周辺は、高野長英や小関三英をはじめとする優れた医師を輩出した。その硬い石を医療道具として使っていたとしても不思議ではない。

摩耶は、つっかえつっかえ時には首をひねりながらこの話をした。

途中、大迫は青柳文庫と養賢堂がどうつながるのかを確かめた。

摩耶は、青柳文庫は養賢堂の分院である医学院の敷地内に設置されたこと、明治維新後の混乱期に青柳文庫は廃止され、書物をはじめ備品の多くは売却されたが、残ったものは養賢堂に混入されたことを話した。聞き終わった大迫は、

「見事な推理ですね。僕にはとてもこうは読み切れない」

と言った。

「さてと……さっきの話ですが……山口さんは伊藤さんに会ったかもしれませんが、伊藤さんが山口さんを九州に連れて行ったというのは、ちょっと解せませんね」

「どうしてですか」

摩耶は突然足もとをすくわれたような気分になった。

「もしそうなら、お葬式に参列しているはずです。会っているかどうかはいずれわかるはずですし、そうなれば疑われるのは明らかですから」

「そうなんでしょうか」

「犯罪者の心理としては……ですけれども。伊藤さんがこの事件に無関係だとは思いませんが……」

と大迫は摩耶を慰めるように言った。

「いずれにせよ……、伊藤さんのことは調べてみましょう。それから山口さんが事故でなく殺されたとするならば、山口さんは何らかの秘密を知っていた、あるいは感じていた、ということになります。犯人側は摩耶さんがそれを解明することをもっとも恐れているわけですから、決して油断をしないでください」

と言って卓上のワインを大迫は飲み干した。

明くる日の午後、さっそく大迫からショートメールが入った。

伊藤の住所と電話番号が記されていたが、今日は忙しく会えなくて申し訳ない、と添えられている。

添え書きを見て摩耶は大迫が急に身近になったように感じた。

大迫が予想したように、伊藤の住所は九州ではなく仙台であった。

父はどうして仙台から福岡に飛んだのだろう。墓苑で誰かと会ったと推測したのは間違いだったのか。仙台でなにかをつかんだのは間違いないと思うが。九州になにかがあるとわかっていたならば、初めから九州に行ったか、あるいは二日目のもっと早い時間の飛行機に乗っていたはずだ。

摩耶の頭の中からもやもやとしたものは晴れなかった。

伊藤友厚

「明後日の試写会の切符、もらったのだけれど、行かない?」

容子からの電話である。

「ジュン君と行かないの?」

摩耶は容子の彼氏の名前を出した。

「彼は今、中国にアウトレットの候補地を探しに行っているみたい。映画、面白そうよ」

「なんていう映画? 明後日の何時から?」

「XXX。時間は六時半。場所は渋谷だけれど」

摩耶はタブレットで予定を確認して、

「よかった。この日は早番だわ。六時半なら大丈夫」

「じゃあ……いつものところで待ち合わせでいいわね……」

「OK」

試写会は封切り前の特別鑑賞会で、出演者の何人かが舞台から挨拶を行う。今一番の旬の女優・俳優が舞台に立つというので、否が応でも会場は華やぐ。

「女優さんってどうしてあんなにスタイルがいいのかしら……」

容子の興味はもっぱらストーリーではなく、女優の美貌に注がれたようだ。

「でもあの女優さん。デビュー前はぶくぶくに太っていたと聞いたことあるけれど」

「本当なの？　生まれながらの体型じゃないんだ。人間努力しないとダメということか」

と容子は妙に納得した言い方をする。摩耶はこういう容子の前向きなところが好きである。

「そうそう、摩耶に話そうと思っていたんだ。あの刑事さん、転勤になったそうよ」

「そうみたいね」

「ああ、そうか、連絡したのね」

「うんん……まあ」

この前六本木ヒルズの会員制レストランでディナーをご馳走になった、とは言いにくい。

「それでね……あの刑事さん、上級試験を一桁の順位で合格したんだって」

「そうなの」

これは摩耶にとっても新しい情報である。

「どうして警察庁なんかに入ったのだろう。財務省だって、経産省だって引く手あまただっただろうに」

「……」

摩耶は黙って聞いていた。

「ところで伊藤さんだっけ……住所わかったの？」

「うん……調べてくれた。でも、伊藤さんの住所は九州ではなくて仙台だった」

「そうなの……摩耶の見込み違いっていうことか。……伊藤さんには連絡できたの？」

「いいえ……関係なさそうだし……」

と言いながら、大迫の「伊藤さんが無関係だとは思えませんが」といった言葉を思い出していた。九州ばかりに気がいってしまったが、確かにダイヤモンドに関係している可能性も高い。

追い打ちをかけるように容子が、

「電話ぐらいすればいいのに」

と言う。

「そうね」

摩耶は再びつぶやく。

「あのね……あの刑事さん、ものすごいお金持ちらしいわよ」

「そうなの……」

摩耶はとぼけた。

「六本木ヒルズに住んでいるんだって。彼のチームが歓送会を開こうとレストランを決めようとしたら、世話になったのは僕のほうなのだからって、ものすごい高級なレストランを予約して全部払ってくれたんだって」

「容子。この前もいろいろ言っていたけれど、そんな情報、どこで仕入れるの」

摩耶は自分の知っていることを知られまいと話を逸らした。

「……白状しよっか……デパート池袋でしょ。管轄、目白署なのよね。万引きとか、落とし物とか、迷子とか、脅迫とかいろいろあるのよ。摩耶は企画部だったから、あまり縁はなかったでしょうけれど」

「そうか……そのルートなのね」

摩耶は、ありそうなことだと容子の話に納得した。

容子に言われて伊藤氏に電話をしたが応答がない。昨晩はやや遅い時間だったので、呼び出し音が数回鳴ったところで切った。出勤前、図書館に着いたとき、昼休みと電話をしているのだが応答がない。終業後、またダメかと切ろうとしたとき、相手が出た。

「もしもし伊藤さんのお宅でしょうか」

「……はい、この電話は伊藤さんのお持ち物なのですが。こちらは老人ホームひかりといいます……」

「そうなのですか、それでは伊藤さんはそちらに入所されているということですね」

「ええ、そうなのですが、実は伊藤さんは今月初めにお亡くなりになりまして。今はお部屋の片づけをしているところなのです」

「えっ……お亡くなりに……。私、山口と申します。亡くなった父が伊藤さんと親しかったと聞いていたのですが……失礼ですが、お身内の方ですか」

「いいえ、私はこの施設の職員で萩原と申します。伊藤さんは、身よりは少ない方だと伺っておりますが……」

「そうですか……伊藤さんはご病気だったのでしょうか」

「いいえ。この施設は老人ホームとはいっておりますが、看護付きマンションです。入居されている方はみなさんお元気です。伊藤さんは河の土手の道で自転車に乗っておられて、転落されたらしいです」

「事件なのですか」

「夜、車をよけようとして落ちてしまったとか。……詳しいことは聞いておりませんので」

萩原と名乗った女性は、それ以上話そうとしなかった。大迫に調べてもらうしかない。摩耶はメールで、

「伊藤友厚氏、事故死、殺害の可能性あり」

と送った。十分くらいして、

「これから、シンガポールです。調査します」

と返信があった。

遺骨

久しぶりに明るいうちに家に戻った摩耶は、父の部屋に据えてある遺骨の前に座ると、館長が言付かった高野山の線香をひらいた。形は普通の物と変わりがないが、色は緑色ではなくて黄土色である。くべると確かに良い香りがする。

「お父さん、お父さんは伊藤さんに仙台で会ったの？」

と、摩耶が話しかけると、線香の先で丸まった灰がポトリと落ちた。

「そうなの……会ったのね……。摩耶、これからどうすればいいのかな……。お父さんも伊藤さんも殺されたのだったら、私も危険だということ……」

仏前のろうそくの灯火が揺れた。

摩耶がろうそくの灯火を消して居間に戻り、テレビをつけると電話が鳴った。家にかかってくる電話は父の関係か……松岡か……。九州に一緒に行くのは断らなければ……。父は松岡に「娘は考えられないと言っている」と言ったそうだが、確かに私のタイプではない。

ならば大迫はタイプなのだろうか。なぜ私は、容子に大迫と一緒に食事をしたことを隠したのだろうか。

とにかく電話にはでなければ。

「もしもし山口です」

「ああ、よかった。松岡です。……何回かお電話したのですが。おでにならなかったので、こんな時間になってしまいました。すみません……」

「いいえ……いろいろ教えていただいてありがとうございました。おかげさまで会社……いいえ組合の方の手続きもできました」

摩耶は他人行儀の言い方をした。

「そうですか……それはよかったです。仙台へは行かれたのですか」

「はい、行って参りました。父が幼友達に会ったことはわかったのですが、なぜ九州に行ったのかはわかりませんでした。ただの気まぐれで行ったのかもしれません」

「部長の性格からいって、そんなことはないと思いますよ」

松岡は笑い声になった。確かに父が気まぐれで事を起こすことはない。松岡は父の性格を知っている。それだけ親しかったということか。

「それで九州行きはどうされますか」

「しばらく様子を見てからにしたいと思います」

「そうですか……僕は来週ちょうど福岡に用事ができて、もしよかったらご一緒にと思ったの

「ですが」

「ありがとうございます。お気にかけていただいて。そろそろ四十九日の用意をしなければなりませんので、九州行きはその後になるかと思います」

「わかりました。またお電話ください」

松岡は電話を切った。

摩耶はとりあえず断ることができたと思った。

シンガポールに行く、とメールを寄越した大迫からは、その後、何の連絡もない。ショートメールを送っても返信がない。電話をしてみるが電源が入っていないとの音声が聞こえる。

「どうしたのかしら」

少なからず摩耶は不安になった。

朝、出勤でいつものように広尾駅の階段を上がっていくと、

「摩耶さん」

と頭上から声がかかった。摩耶が顔を上げると、

「大迫さん……どうしたのですか」

大迫がスーツケースを手に、立っている。

「さっき羽田に着きました。今、家に戻るところです」

「でもどうしてここに……」

「羽田に着いたらあなたからのメールがたくさん入っていて。返事しようかなと思ったのですがまだ早かったし、恵比寿で電車を待っていたらあなたの顔が見えたのです。メールで返事す

るより会った方が早いと思って……」

と少しはにかんだ様子で大迫は答えた。

顔が見えた……信じられない動体視力だ、と摩耶は思いながら、

「お帰りなさい……お疲れさまでした」

大迫が笑みをこぼすのを見た摩耶が、

「何で笑っていらっしゃるのですか」

と聞くと、

「いや、僕はお帰りなさいと言われた経験があまりないものですから……」

「ああ、そうですね。私も父が亡くなってから、家に帰ったとき、お帰りという声がかからないのは変な気持ちでした」

「同病相哀れむ……ですね。出勤時間は何時ですか。急がなくていいですか」

「ええ、ゆっくりで大丈夫です。喫茶店に行けるほどの時間はありませんが。大迫さんはもう一駅乗られるでしょう」

「いや、ここから歩いて行きます。途中まで一緒に行きましょう。伊藤さんですが、亡くなる前はお元気だったようです。……つまり、病気ではなかったという意味です。地元の警察に照会をしていますので、今日午後に出勤したらわかると思います。そのほかも調査をしてもらっ

ていますので……今夜は時間がとれますか」

「いいんですか。お帰り早々。お忙しいのでは……」

「大丈夫です。でもできたら、霞ヶ関近くにきていただけると私の時間は正確になりますが」

「私はかまわないですけれども……」

「でしたらK会館の最上階のレストランにしましょう。七時でいいですか。私が遅れるようならレストランの前の展望室にいてください。皇居を上からご覧になるのもよいかもしれません」

「K会館……一般の人でも入れるのですか」

この会館は旧華族の団体で運営されているはずだ、と摩耶は思った。

「昔は厳しかったそうですね。今はなにも問題はないですよ……それでは」

図書館への分かれ道まで来て、スーツケースを引いていく大迫の後ろ姿を摩耶はしばらく見ていた。


図書館の館長室は、サービス部門の職員の事務室とは別のフロアにある。

田村館長は前職が公文書館を兼ねた都政調査室だったので図書館の業務をおおよそ理解しているが、それでも図書館員の実際の業務内容を確認するため、と時間の空いているときには下りてくる。この日は摩耶の勤務する課で、職員の仕事に質問をしたり、課長の前の応接椅子に座ってマニュアルの確認をしたりしている。

館長に課長が聞いている。

「館長は職員の山口と以前からの知り合いですか」

「うん……彼女のことはお葬式で初めて知ったけれど……」

「ということは仏様と知り合いで」

「僕にとっては大先輩だけれどもね……たぶん、日本中の団体や企業の調査部と名の付く部署の古参職員だったら、誰でも知っていると思うよ」

「そんなに有名な方なのですか」

「まあ……そうだけれど……なにか？」

見るからに公務員的な風貌の課長は、

「そんな方だったら敵も多かったのでしょうね」

と役人的な発想をした。

「敵……？　どういうことなのかな……」

「単なる交通事故ではないと聞いているのですが」

「そのようだね……でも事件と彼の会社での職務とは関係ないと思うよ……」

と不快そうに言った後、

「ところで彼女は今どこ?」

と館長は辺りを見まわした。

「今はカウンターです。もうすぐ交替ですが」

課長は壁に掛かっているシフト表を見て答えた。

館長が自室に戻ろうと席を立ったとき、摩耶が戻ってくる。

「山口さん。これ先日の答えです」

と手に持っていた小冊子を摩耶に見せた。

「えっ……何でしょうか」

摩耶が館長の顔を見て聞くと、

「青柳文庫と九州の関係です」

と言ってその冊子を摩耶に手渡した。摩耶が表紙に目を移し、表題を確認して、あわてて館長の後を追おうとすると、

「とりあえず読んでおいてください。あなたが読み終わった頃にまたお話ししましょう。今日はこれから外出しなくてはいけないから」

と言って館長は階段を上がっていった。

田村館長に手渡された冊子は満鉄調査部の解体に関わるレポートだった。なぜ、この本をすすめられたのか。摩耶には皆目見当がつかない。とりあえずこの冊子を読む前に基礎知識を得なければ、と事務室の本棚にある「図書館史」の本を引っ張り出した。

そこには、

「満鉄調査部」といわれる調査機関は、今日の専門図書館の原型となる図書館である。

一九〇七年に南満州鉄道大連本社に設立された調査部と、翌年東京本社に整備された東亜経済調査局などを併せて満鉄調査部という、わが国最大のシンクタンクがつくられた。資料室の整備を重要と考えた満鉄初代総裁の後藤新平によって指導され、当時としては先進的な資料管理技術が導入された。

とあった。

勤務時間の終わった後、大迫との約束の時間まではしばらく時間があった。摩耶は冊子を読み始める。

館長が引っかかったのは満鉄調査部だったのか、読み始めて摩耶は納得した。

満鉄調査部の創始者は後藤新平である。明治大正期の官僚・政治家で、台湾総督府民政長官、満鉄初代総裁、NHK初代総裁、逓信・内務・外務大臣を歴任している。現在の奥州市水沢の出身。支倉の旧領地に近い。今でこそ岩手県だが江戸時代は伊達藩内である。おまけに後藤新平はもともと医師である。満鉄調査部には後藤新平の関係で東北の人たちが多く採用されたと冊子にはある。

シベリアに抑留されていた伊藤氏の父親、伊藤篤真は終戦まで中国にとどまっていた調査員だったのか。レポートを読み進めると、旧満鉄調査員の多くは帰国した後、九州の企業の調査部に入ったとある。大陸への侵略者の手先と見られた彼らにとって、東京や関西での再就職は難しかったとレポートは言及している。

伊藤の父が帰国したのはサンフランシスコ条約が締結された前後のことだ。アメリカ軍はおおかた出ていった後であったが、新たな職を見つけるとなると人の縁を訪ねるのが順当であったのだろう。

シベリアから帰ってきた父親によって伊藤家は九州に移転した。伊藤の現在住所は老人ホームだった。最近移ったのかもしれない。

摩耶はつじつまを合わせて考えた。

大迫はまだ来ていなかった。もっとも約束の時間までにはまだ十分以上あるが、摩耶は少しがっかりした。

これが展望室といえるのかどうかわからないが、レストランの前には単に椅子が置かれたスペースがある。レストランの付属ではなく、かといってホテルのロビーのようにメニューが立っているわけでもない。単なる応接スペースのようだ。窓は全面ガラスで眼下に皇居の森が見渡せる。右に外苑。その向こうに研修で行った三の丸尚蔵館だろうか。新宮殿は上から見るとずいぶん平べったく見える。皇居はさすがによく見渡せない。


「ごめんなさい。お待たせ」

背後から声がかけられた。

「まだ、時間前ですよ。謝られるの、何か変です」

摩耶は四角四面の言い方をした。

「食事ここでいいですか。フレンチなのですが」

「朝は気がつかなかったのですが、私、今日は思いっきり普段着なんです。フレンチというのはちょっと気が引けるのですけれど」

「そうですか……では場所を変えましょう。ちょっと待っててください」

と言った大迫は、摩耶は充分綺麗な格好しているのにと首を傾げながら、レストランに入っ

ていく。すぐに出てきて、

「さて、どこにしましょうか」

と摩耶の顔を見た。

「大迫さん、レストランに用事があったのですか」

「いいえ、急に用事ができたからまた来ると言ってきたのです」

「予約してあったのですか」

「はい」

「だったら先におっしゃってください。お店の人に悪いじゃありませんか」

「大丈夫、僕はしょっちゅうキャンセルしていますから問題ありません。事件が起こったらのんびり食事なんかできませんから」

「私と会うのは事件なのですか」

摩耶のふくれる顔を見て大迫は、

「そうですよ。僕にとっては大事件です」

「まったく……」

と言いながら摩耶は吹いてしまった。

「さて、どこに行きましょうか」

「私は食事よりも話がしたいのですが」

「そうですね、それもそうだ。でしたらまずコーヒーを」

と言って大迫はビルの二階のコーヒー店に案内した。

席に着くと大迫はまず、

「宮城県警からの情報です。伊藤さんは、山口さんと会っている可能性がありますね。老人ホームの記録だとその日は外出しています。ただその前後で外泊はしていないので、九州には行っていませんね」

「父は伊藤さんに会って九州に行った可能性があるということですね」

「僕の勘ははずれたようです。しかし伊藤さんは、山口さんが九州に行かれてからのことはご存じなかったと思います。もし知っていたら何らかのアクションがあったはずですが、不審な点はなかったという報告です」

「伊藤さんは犯人グループとは関係がない……」

「たぶん……。そして知らないまま自分も殺されてしまったということでしょう」

「するとやはり九州に行ったのは、父の知人に会いに行ったということになりますか」

「そうなりますね。心当たり、ありますか」

「その前に……なぜ伊藤さんは殺されなければならなかったのでしょう」

「彼は重大な秘密を知っていたということでしょう」

「不思議な石の行方を知っていたということですか」

「おそらく」

「それは人が殺されるほどの秘密なのでしょうか」

「よく見えませんが……私たちが想像できないような事件に結びついている、ということなのでしょう」

摩耶は思わず身をすくめた。

「今日、勤務先の館長からこの本を渡されたのですが」

といって摩耶はカバンから冊子を取り出して大迫に渡した。

「ああ、館長さんはなにかがひっかかるのだとおっしゃっていましたね。これが答えですか」

大迫はその冊子を手に取るとページ数と目次を確かめて、

「すみません、二十分時間をください」

と言った途端ものすごい集中力で冊子を読み始めた。まわりになにが起こっているのかもわからないだろう様子。もちろんコーヒーが運ばれてきたのも意識にないに違いない。摩耶がためしに咳払いをしても、コーヒーを大迫の前に移動させても、まったく意識の外にあるようだ。

この集中力なら、スロットマシーンの組み合わせを分析することなど簡単な作業なのかもしれないと摩耶は思った。

きっちり二十分後、

「よくできている論文ですね。だいたいわかりました」

と大迫は顔を冊子から離して摩耶に向けた。

「調査員の家族のことが書かれていますが、伊藤さんの母親は終戦直前に帰国したのでしょうね。そして友厚さんが生まれた。一つのことを除いてだいたいわかりました」

「一つのことって何でしょうか」

「不思議な石がダイヤモンドの原石だと、どうしてわかったかということです。たぶんそれを発見したのは伊藤さんのお父さんなのでしょう。しかしその契機がわからない」

「大槻先生も伊藤さんも、実際にその石を見たわけではなかった。その話を伝えた大槻さんの父親もその石がダイヤの原石だとは気がつかなかった」

「伊藤さんのお父さんはそれがダイヤだと気がついた」

「それはなぜ……」

「ダイヤの原石を見る機会があったのでしょう。それで伊藤さんの父親はそれを大事に保存していた。その時点では盗むというような意志はなかったのかもしれない」

「ダイヤの原石を見る機会……ですか」

「そのようなものが日本にあったのかどうか。日本に入ってくるときにはすでに綺麗に磨かれたモノしかなかったはずですし……」

「オランダに行ったとか」

「確かにアムステルダムに行ったらそれもありえますが。どうやって調べますかね……戦前のだと記録など残っていないでしょうし」

「……」

「とりあえず、今までわかっていることや関係のありそうなことを整理してみましょうか。簡単な年表をつくってみましょう。なにか見えてくるかもしれない」

と言って、大迫はまず、サンドウィッチを注文したうえで、ノートを広げ作業を開始した。時々大迫が「○○が生まれたのはいつですか」というのを摩耶はタブレットで調べて補足していく。摩耶にとっては図書館の仕事の延長のようなものだが、大迫に必要とされているようで快かった。

一六二〇　支倉常長帰国

一六二二　支倉常長死去
一六三六　伊達政宗死去
一六四〇　支倉常頼刑死。弟・常道、他国へ宝石を持って逃亡（常信の上申書一六七七による）
常道医師で生計をたてたか？
一六六〇　一関藩立藩（内分分知大名・諸侯には入らず）
一六六〇　伊達騒動
一六六八　常頼の子・常信、支倉家再興
一六八一　田村一関藩立藩（将軍綱吉の奏者番・伊達本家と家格の転倒）
一七〇〇―一七〇二頃
初代建部清庵（常道の子か）元水（医師）、一関で開業
一七一二　建部清庵（二代）由正生まれる（―一七八二）
一七三六　養賢堂（学問所）創設
一七五七　大槻玄梁（医師）大槻玄沢生まれる（―一八二七）
一七六〇　伊達藩医学部創設
一七八七　小関三英生まれる（―一八三九）養賢堂で教鞭

一八〇四　高野長英生まれる　水沢出身（―一八五〇）
一八一七　医学館分離（一八二二から蘭学が始まる）
一八三一　青柳文庫、医学館敷地内に開設
一八五七　後藤新平生まれる（―一九二九）水沢出身　初め医師
一八七一　医学館・青柳文庫廃止。文献散逸、物品は養賢堂に吸収
一九〇七　満鉄調査部開設。後藤新平総裁
一九一七　ロシア革命
一九一八　大連図書館設立
一九二三　関東大震災。後藤新平内務大臣兼帝都復興院総裁
一九四五　終戦。大槻医師・山口仲道・伊藤友厚生まれる
一九五五頃　伊藤家、父がシベリアから帰還し他地へ転居

「このようにリスト化してみると……一関周辺というのは、江戸時代日本の医学の最先端地だったのですね」

自分たちでつくった年表を眺めて大迫は詠嘆する。

「父から、明治維新のときに朝廷は伊達の勢力を弱めるために一関を岩手に編入したのだと聞いたことがあります」

「なるほど」

「この建部清庵という人は宮城では有名なお医者さんですけれども、東京ではあまり知られていませんね」

「一関に過ぎたるものは二つあり時の太鼓に建部清庵……でしたっけ」

摩耶は目を丸くした。

「大迫さんそんなことまでご存知なんですか。私は父から子どものときに聞かされて、うろ覚えでしかないのですが」

「今年の春に公安関係の会議が平泉であって、観光バスのガイドさんが教えてくれたものです。語呂がいいから覚えやすかった。……」

「それにしてもすごい記憶力ですね」

「清庵という人に興味がありましてね」

地方の医者に興味が引かれるとはどんなことなのだろう。どうもこの人は今まであった人とは発想が違う。

「清庵は田村藩の有名な藩医ですね。伝説では二代目が著名だそうですが、私の興味はもっぱら初代です」

二代目清庵は解体新書で知られる前野良沢や杉田玄白と親交があって江戸でも知られた医学者であった。特に杉田玄白との書簡集は当時の医学の入門書として広く流布されている。

「初代のどんなところに興味をもたれたのですか」

「初代は出自がさっぱりわからない人なのです。江戸の人と言い伝えられているんですが、たまたま一関に立ち寄って田村の殿様に気に入られて、居着いて開業したことになっているのですが……」

「それって興味が引かれることなのですか」

摩耶は変なことを考える人だな、と大迫の顔を見直した。

「刑事根性なんでしょうね……たぶん」

「えっ……?」

なにが刑事根性なのだろうか。

「江戸時代、自分の正体を隠すのに町医者は一番良い方法なのですよ。知識があって人から尊敬されるわりには身分がはっきりしない。時代劇に出てくる医者って丁髷結っていないでしょ。武士でもなければ町人でもない。もちろん医師免許なんてありませんから。清庵の初代はもしかすると追われた人ではなかったかと……。もし仮にですよ、年齢的には一世代開きがありますが常長の次男の常道が清庵の初代だったら人物像としてはピッタリなんですけれどもね……」

「常道の子どもが初代清庵だったらつじつまが合うということですか……」

「鋭い……僕はそこまで連想しなかった」

大迫のその言葉は摩耶を有頂天にさせた。

「でも、まったく、空想の世界ですよね」

「そうです。だからこそ当たっているのかも。ダイヤはどういうタイミングで持ち出されたのでしょうかね。それより、その石がどうしてダイヤだとわかったか、ですね」

二人の推理

つくった年表を見ながら二人の想像はさらに飛躍し、物語が作られていく。

一六三六年に伊達政宗が死去すると、常長一族に対する庇護はなくなった。幕府からのキリスト教徒に対する圧力は厳しくなり、一六四〇年、常頼は身内にキリスト教徒がいることを疑われ処刑され、家名は断絶する。

常長が伊達政宗に献上していた以外の個人的宝物もこのとき没収されるが、弟の常道は父親の形見として譲り受けていた宝物を持ち出して逃亡した。

また、常道は常長がスペイン、ローマで得た医学知識を受け継いでいて生計に役立てた。時が流れ、常頼の子の時代になると、常信は一六六八年家名を再興する。

一方、常道の子、由水は建部清庵と名乗って田村藩お抱えの医師となる。

田村藩が伊達藩の所領である一関周辺を分割して成立するのが一六八一年。ここには支倉が伊達政宗から拝領した所領も含まれている。

田村藩は外様、小藩という出身ながら将軍綱吉の奏者番（将軍取次職）という要職が与えられ、城内に時の太鼓を打つことが許されるという御三家にのみ与えられていた格式をもつことになった。

分家でありながら伊達本家を凌ぐ権威が与えられ力関係が逆転した。

田村藩は医学、数学などの科学知識の振興を奨励し、建部清庵家は医学の要となって多くの門下生を生む。

伊達藩内部でもこれに呼応して学問が推奨され、建部清庵家から伊達藩大槻家に養子に入った大槻玄沢は、伊達藩学問所の養賢堂の指導者となり、代々これを司るようになる。

平泉の時代にはいち早く蘭学を取り入れた医学館が創立される。

林子平、大槻玄沢、小関三英、高野長英など後の世の志士たちに強い影響を与えた人たちがこの風土から育まれた。

青柳文庫を創立した青柳文蔵は今の一関市松川の出身。

家族は彼を医師にしようとしたが文蔵はそれを嫌い江戸に出て公事師（弁護士）として財をなした。

子どもを亡くしてからはこの世に残すものとして青柳文庫を創設、これに二万両を添えて伊達藩に寄付する。この備品に不思議な石が混入した。

明治維新の混乱により青柳文庫は解体。不思議な石は養賢堂の諸物に紛れ薬剤の磨り石として使われるようになる。磨り石としての用法は江戸期から行われていたのかもしれない。太平洋戦争前後にこの石は何者かによって持ち去られる。その人物は、何らかの機会にダイヤの原石だと気がついた。伊藤の父親の可能性がある。

「このレポートによると、旧満鉄調査部の人たちは九州の企業に再就職した人が多いとありますね」

「はい、でもどうして九州なのでしょうか」

摩耶は自分の考えが正しいか大迫に意見を求めた。

「たぶん、東京や関西では大陸で仕事をしていた人たちには再就職が難しかったのでしょう」

「田村館長はその事情がわかっていた……」

「たぶんそうですね……前にこの冊子を読んでいたか……あるいはそんなことを聞いていたかでしょうが」

「館長に伺ってみることにします」

「そうしてください。業界には業界の独特な常識というのがあると思います……。摩耶さんに一つお願いがありますが……」

「なんでしょう」

「これから先、決して一人では進まないでください。まして九州に一人で行くなど言語道断です。僕たちが考えている以上に相手は危険な連中かもしれない。二人も亡くなっているのだし……」

名簿

「摩耶さん、四十九日どうしますか」

　叔父からの電話である。

「どうするって……お骨をお母さんと同じお墓に入れてあげようと思っていますけれど」

「納骨は新盆のときでいいんじゃない？　……四十九日に法要するかどうかだけれど」

「お坊さんを呼んでお経をあげていただくことかしら」

「そうだよ……それにお葬式のときにお供物をくださった方にお礼のお手紙を出すのと、品物を添えて送るのかな。……たぶん葬儀屋さんがつくった名簿にチェックすればいいと思う」

　律儀な叔父の言い方である。

「わかりました……でもお坊さんは呼ばないでもよいかな……この前のお坊さん変な感じだったし」

「そう……だったら、うちのかみさんと大谷の爺さんと数人呼んでお焼香だけすればよいね」

「うーん……叔父さんと叔母さん……できたら博さん……日本にいるのかな……だけでよいわ」

摩耶は年下のいとこの名前をつけ加えた。

「博は無理かもしれない。来週アメリカだと言っていたから」

「だったら、もし来ていただけるならお二方だけで、お願いします」

「わかった」

と言って電話を切ろうとする叔父に摩耶はあわてて、

「それで叔父さん……お父さんの知り合いで九州にいる親しかった人知らない？」

と尋ねた。叔父はしばらく考えていたようだが、

「……親しかったのかどうかわからないけれど、十年くらい前だったかな……たまたま僕が福岡に行ったとき……なんかのはずみで兄貴の名前が出て、僕が弟だと言ったらえらく親しげに料亭に連れて行ってくれてふぐをご馳走になったことがあった。……確か本田さんといったと思うけれど」

「その本田さんとお父さんとどんな関係なの？」

「兄貴に本田さんにお世話になったと言ったら、そうかそれはよかったな、と言ったきりだった」

「……なにか変な話」

「九州に行くつもりなの？……深入りしないでほしいな。伊藤さんのことはわかったの？」

「住所はわかったけど」

と摩耶は言葉を濁らせた。殺されたみたいだと言えば叔父は絶対に事件を調べるなと言うだろう。

いずれにせよ、九州行きは四十九日が済んでからと摩耶は心に決めた。


電話の後、摩耶はあらためて葬式に参列した人の名簿を見た。不祝儀袋には番号が打たれ番号順にタイプ打ちされた名簿ができている。名簿には名前、住所、金額、電話番号が記され金額の横に返礼用の品物を選択する欄が設けられている。そこに丸印をつけ葬儀社に渡せばすべて事足りる仕組みだ。

名前と住所を見比べながらチェックをしていくが、今さらながらほとんど摩耶の知らない名前で、摩耶はため息をついた。金額に合わせて品物を選択するしかない。作業を進める中で何人か九州の住所の人たちが続いて記載されているのを見た。三人の連名で書かれた不祝儀袋が二つと一名のものが二つあったが、本田という名前はなかった。摩耶はそれらの不祝儀袋をタブレットで撮った。

容子

「摩耶、相談に乗ってほしいのだけれど」

相談に乗ってほしい……。そんな台詞は容子から初めて聞く。図書館からの帰り道、いつもの渋谷の喫茶店である。

容子はまだ来ていない。摩耶は少し疲れたのか、椅子に座ると知らず知らずにうとうととしてしまった。うわ瞼がかぶっている。

「摩耶起きて。まったくあなたのまつげって男殺しね。女の私が見ても色っぽいんだから」

摩耶は目を固くつぶり直すと、

「相談って何なの……」

と態勢を立て直した。

「うーん……。そうそう、この前、ジュン君を羽田に迎えに行ったとき、例の刑事さん見たわよ。ジュン君と同じ飛行機だったみたい」

「それって相談なの？」

広尾駅で会った日のことだろう。摩耶は話を逸らした。

「出口で待っていたら……ああ、何か見たことある人だな、と思ったらあの刑事さんなのよね。それからしばらくしてジュン君が出てきて、眠そうにして冴えない顔して……刑事さんは颯爽と降りてきたのに……」

「それは仕方ないんじゃないの……オオ」

摩耶は大迫の名前を呑み込んだ。

「刑事さんはたぶんビジネスクラスでゆったりとして帰ってきて、ジュン君は眠れなかったんじゃあないかしら」

「そんなのわかっているわよ……摩耶、本当のところどうなのよ。摩耶がその気なら私あきらめてジュン君と結婚するけど」

「私の問題と、容子とジュン君の問題は関係ないんじゃない……」

「それはそうだけど……」

「何かあったの?」

いつもと少し違うなと摩耶は真剣に聞く素振りを見せた。

「ジュン君、転勤でシンガポールなんだって。五年は向こうだろうって……。私に、結婚しないなら別の人探すって」

「だったらそうすれば……」

「人ごとだと思って……」
「そうよ……人ごとよ……」

人は結婚する相手と赤い糸で結ばれていると亡くなった母はよく言っていた。母は父とそのように感じていたのだろう。摩耶の見る限りジュン君は容子とお似合いのカップルである。世俗的に見ればジュン君はかなりのレベルである。

大迫と赤い糸で結ばれているか自分にはわからない。容子は大迫を優秀な人、お金持ちの人と単純に外見で評価しているが、外見とは違って大迫には複雑な問題があるようだ。身の危険を考えて大迫は六本木ヒルズに住んでいる。人は贅沢ができるうらやましい境遇だとみているだろうが大迫にはそれ相応のわけがある。

摩耶にも、自分が持ち込んでしまったトラブルで父がこの世を去ったという問題がある。まだその理由ははっきりしていない。

「私、一緒にシンガポール行くのかな……」

容子は独り言のように言った。

「容子の考えてることって、本当のところよくわからない……」

「あのね……私ね……まわりに異性を感じるようになってからずっとジュン君なのよ」

「それってなにか問題あるの……？」

「私の人生って単純で平凡だな……と思って」

「人から見たらうらやましい境遇だと思うけど……ジュン君、かなり高いレベルだと思うけど……それに平凡なのがいいんじゃないの」

「でも何か物足らなくて……退屈ってつまらない」

「どうしてそう思うんだろう……」

そう言いながら、摩耶は大迫の抱えている事件はどんなのだろうと考えた。

「摩耶……なに考えているのよ……」

「別に……何も考えていないわよ……」

「うそ……今、あの刑事さんのこと考えていたでしょ」

摩耶は唾を飲み込んだ。

「そんなことないわよ」

「さっき、オオって、大迫さんの名前を呑み込んだくせに」

「……」

摩耶は言葉が返せない。こういうときの容子は鋭い。隠しきれない。

「結婚式、バリでするから絶対来てね」

突然こう言って容子は立ち上がり、口をもぐもぐさせている摩耶を残して喫茶店を出ていった。

四十九日

父の四十九日は自由が丘の自宅で行った。といっても法要とは名ばかりの、叔父夫婦と摩耶だけが自宅に置かれている遺骨の前で焼香をするという簡素なものに、摩耶はした。

「ごめんね……博はアメリカに出張なので……」

叔母はすまなそうに言う。

「いいえ……葬儀のときにも無理をお願いして、いろいろなことをしていただいたのに、こちらこそすみません」

摩耶は自分の世代の親類が少ないのをあらためて実感した。

「それで……摩耶さん、あなたいい人いないの？　……もしかしたら今日会えるかと思ってきたのだけれど」

「それはないよ。お葬式のときだってそんな人が焼香に来ている様子はなかったし」

叔父が叔母を諭す。自分の知らないところでずいぶんと観察されているのだと摩耶は思う。

「あなたの器量なら近づいてくる人はたくさんいるんじゃないの？　お父さん、あなたの花嫁姿楽しみにしていたと思うけど」

「いいや、それはないな。兄貴は摩耶さんの花嫁姿なんか絶対に望んでいなかったと思う」

とんだ伏兵に叔母の目がきりりと光る。

「まあ……それはそうと」

叔父は何とか取り繕うと話を変える。

「兄貴の会社……といってもだいぶ経つけれど、部下の……ええっと……葬式のとき、ずいぶん頑張ってくれたよね」

「松岡さんのことですか」

「そうそう松岡さん……彼なんか兄貴に忠節を尽くすというよりは、摩耶さんの気を引こうとしていると僕はみたんだけど……」

「摩耶さん……その松岡さん、どうなの」

「叔父さんたち、無理矢理にでも私に結婚しろって感じですね」

摩耶は二人の話に愉快そうに笑った。

「そうじゃないんだよ……心配なんだよ、一人きりで一軒家で生活して……もしも、みたいなことがあったら兄貴に申し訳ないし……」

実直な叔父らしい言い方になった。

「松岡さんはですね……」

摩耶は言わない方がよいかなと思いながらも、父が摩耶の知らないところで松岡の申し出を断った話をした。

「そうか……兄貴は彼のことを摩耶さんの相手として相応しくないと思ったわけだな……でもなぜかな……会社ではエリートコースのはずだが。博もそう言っていたし」

父の関連会社に勤めている博から評判を聞いていた叔父は、合点がいかないようだ。

「それはさ……あなたがさっき言ったように、摩耶さんを手元から離したくないと思ったからではないの？」

「そうかな……それもあると思うが……だったら何か一言、摩耶さんに話すと思うんだがな……」

「まあ済んだことですよ……私たち夫婦もいろいろ心配しているので、早く見つけてくださいね。博も決まったことですし……」

と叔母は嬉しそうに息子の結婚話を引き合いに出した。

「そうなんですか。それはおめでとうございます。それでどんな方……」

摩耶の問いに嬉しそうに応えた叔父夫婦は、ひとしきり話に花を咲かせて帰っていった。

しばらく館長の顔を見ないと思っていたら、入院していたという朝のミーティングでの話である。摩耶に満鉄調査部の冊子を渡した日は、検査のため病院に行った日だったようだ。直ちに入院手術。そして自宅で静養していたらしい。

その館長に廊下ですれ違うと、

「四十九日は終わったんだね。ご丁寧に品を送っていただいてありがとう」

と親しく声をかけられた。

「お心に掛けていただいてありがとうございます」

「あの冊子は読んでもらえたのかな……」

「はい、読ませていただきました」

摩耶が応えると、

「そう……それだったら」

館長は時計を見て、

「一時間ほどしたら部屋に来てくれる？　その後はなにも入っていないからすこし遅れてもか

まわないけれど……」

と言い、来客のためかエレベータに向かっていった。いつもは階段を使うのに、と思いながら摩耶は後ろ姿を見送る。


事務室に戻り書店から納入された図書を点検し、頃合いをみて館長室に出向くと、入り口付近に席がある庶務係の史香が顔をしかめて首を横に振る。不審に思って近づくと館長室から激しい大きな声が聞こえる。温厚な人だと思っていた。こんな声を荒げることもあるのか……。父は田村館長よりだいぶ年長だが、会社ではこんな風に声を張り上げることもあったのだろうか。自分には大声を上げたこともなかったが……。


すぐに終わりそうもないとあきらめて自席に戻ったところに史香から、

「終わったので館長室に来てください、とのことです」

との電話が入った。往ったり来たりで摩耶は再び階段を上がった。

階段を上がったところの給湯室で、館長はインスタント珈琲をカップに入れ湯を注いでいる。

摩耶が声をかけると、

「君も飲みますか」

との返事。摩耶が断ると館長はカップを持って館長室に先導した。

「よろしいんでしょうか」

先ほどの興奮した声を聞いていた摩耶は、恐る恐る尋ねる。

「ん……なに……ああ……さっきの話聞いていたの……」

館長が摩耶の顔を見る。

「もうお帰りになったのですか」

「ああ、帰った帰った。人事課というのはああいうものだよ。知事が替わったからね。彼らの仕事は人員削減。僕の仕事は現場の説明。大きな声を上げるのも仕事のうちだよ……さて、あの本は読んでくれたんだよね」

「はい、読ませていただきました。青柳文庫と九州は満鉄調査部でつながっていることがわかりました」

「僕は満鉄からの連想で仙台と福岡をイメージしたのだけれど……山口さんもそう連想されたと思ったんだけれどね。……そこに幼なじみが絡めばもっと具体的な動きになるんだよね……ところで伊藤さんだったっけ……住所わかったのかな」

「はい、わかりました。でも伊藤さんの住所は九州ではなくて仙台でした。仙台の郊外の老人ホームにお住まいだったようです」

「だった……っていうのはどういうこと」

「交通事故、といっても自損事故なのですが、最近亡くなったようです」

摩耶は大迫から聞いた伊藤の最期のあらましを話した。

「そうか……これで二人目なんだね」

館長はハナから自損事故とは考えない。

「私……大変な厄介事を持ち込んだみたいで……」

「いや、あなたのせいではない。魔法の石のことを調べられては困る人がいるということだよ……山口さんは一人暮らしなんだよね。気をつけないと……かといってホテル暮らしをするわけにもいかないだろうが」

と館長は摩耶の身を案じた。

「はい、気をつけます」

自由が丘の家はいずれ処分してセキュリティーのしっかりしたマンションに移らねば、と摩耶は館長に言われてあらためて思った。大迫の住む六本木ヒルズが思い浮かんだが、さすがにそこは高級すぎる。

「さて、あなたの推理を聞こうか。文倉がスペインから魔法の石を持ち込んで、それが行方不明になるまでの顚末を……」

「はい……こんな風に推理してみました」

摩耶は大迫とつくったメモを館長に渡して、つくりあげた物語を話し出した。

摩耶が話し終わると館長は、

「さすが山口さんの娘さんだね……ところで建部清庵の父親が支倉常道だという推理、あなたが思いついたの？」

「いいえ、父のことを捜査してくださった刑事さんです」

「刑事……？」

館長は首を傾げたが、摩耶の容姿を見直してすぐに合点したようだ。

「警察官にしておくのはもったいない人だね。目白署の人だったよね」

と館長は事件が起こった所轄の名前を口にした。

「はい……でも今は警察庁に戻られています」

摩耶は大迫がキャリアで警視であることを付け加えた。

「へえ、山口さんはすごい人と知り合いになったんだね……」

館長の話が本題から離れそうなのを元に戻そうと、

「わからないことがいくつかあるのですが……」

水を向けた。

「なにかな……僕はわからないことだらけだけれども」

「魔法の石の動きはなんとなくつかめてきましたけれど、首飾りのゆくえはまったくつかめないのですが……」

「そうそう……そうだったね……僕の推測だと首飾りは路銀になったのではないかな」

「路銀ですか……」

「そう文倉は、スペイン、メキシコ、ルソンそして日本と乗り継いで帰ってきたはずだが、その費用は大変な額だったはずだ。首飾りはルソンで売るにはちょうど良いモノだったと思うよ。法王や国王からの下賜品は売るわけにいかないだろうし」

「魔法の石は売らなかったのですか」

「売らなかったというより、売れなかったのではないかな」

確かに単なる石に見えるものが売れるわけがない。

「もう一ついいでしょうか……伊藤さんのお父さんはどうして養賢堂の石が魔法の石つまりダイヤの原石だと気がついたのでしょうか」

「どうしてって……あなたのつくったメモに書いてあるじゃありませんか」

「えっ……どこですか……そんなこと書きませんでしたが」

「ここだよ」
と言って館長はメモの、
一九二三　関東大震災。後藤新平内務大臣兼帝都復興院総裁
に赤線でアンダーラインを引いた。
「このとき、清朝の宝物を見たんだと思う」
「関東大震災と清朝の宝物が関係するのですか」
摩耶が尋ねると館長はタブレットで検索したウィキペディアの画面を摩耶に見せた。

当時中華民国内で「大清皇帝」となっていた愛新覚羅溥儀《あいしんかくらふぎ》は、地震の発生を聞くと日本政府に対する義捐金を送ることを表明し、紫禁城内にある膨大な宝石などを送り、日本側で換金し義捐金として使うように日本の芳沢謙吉公使に伝えた。これに対し日本政府は、換金せずに評価額（二十万ドル相当）と同じ金額を皇室から拠出し、宝石などは皇室財産として保管することを申し出た。その後、一九二三年十一月に日本政府は代表団を溥儀の下に送り、感謝の意を表した。

「この儀式を事務方で仕切ったのは満鉄調査部。部員だった伊藤さんの父親は、このとき清朝

の宝物を見た可能性がある」

「館長はこの事実を考えて、満鉄調査部が関係すると考えられたのですか」

「そうだけど……たぶん、山口先輩もそう考えたと思ったよ」

田村館長はこともなげに言う。

「そうですか」

摩耶は気が抜けたように言った。大迫と散々考えて解けなかった問題。いとも簡単に解かれてしまった。

「世代の相違だね。僕たちの世代だと一応は聞かされているんだよね」

仕方がないよ、と慰めるように館長は言う。

「ところで……私、父の交遊関係をまったく知らないのですが、この方々のなかでご存じの方はいらっしゃいませんか」

摩耶は不祝儀袋を写したタブレットの画像を見せる。

「ああ、ご葬儀の参列者ね……この三人のは僕が持参したもの。当日は来ていない。この三人は知っている人だが顔は見ていないね……来てはいないと思うけど。浅田さんは顔を合わせたね、九州の専調協の人だけれど。……ああ、ほかの人も専調協の人だよ。……熊倉さんという人は知らないね……」

九州関係で身元のわからないのは熊倉という人のようだ。

「ありがとうございます。助かります」

館長が持参した以外の三人の袋は松岡が持参したものだと摩耶は思った。連絡が松岡からいったに違いない。

「父が最も親しくしていただいた九州の方ってどなたでしょうか」

「……そうだなあ……やっぱり会長かなあ……いや前会長の浅田さんだね」

「浅田さんですか」

「そう、一人でお葬式にも来ていたし。僕が九州からですかと聞いたら、たまたま上京する機会があったからとはおっしゃっていたけれどね。浅田さんに聞いたら熊倉さんのこともわかるかもしれない」

館長室を辞して、摩耶がショートメールで「伊藤父、ダイヤ原石を見た機会判明」と大迫に送ると「今、札幌、明日十八時この前の喫茶店でよいですか」の返信。「ＯＫ」と返す。

摩耶が帰宅すると留守電のランプがついている。同じ番号から何度もかかっている。松岡からの電話かと思ったがそうではないようだ。何となく記憶に残っている番号である。少し遅いが摩耶は電話をした。

「はい……＊＊葬儀社です」

テープではなく肉声だ。

「山口ですが……お電話を頂いたようで、遅くにすみません」

「いいえ、私どもは二十四時間営業ですのでかまいません。少々お待ちください」

パソコンを操作しているような音がする。

「お待たせいたしました。……四十九日のご挨拶のお届け物ですが、配送会社の方から福岡の熊倉様が宛先不明だと連絡がありましたのでお電話いたしました」

館長との話の中で身元のはっきりしない熊倉の名前がさっそく浮かんできた。犯人は必ず葬式に参列しているはずだと大迫は言っていたが、この熊倉と名乗った人物が犯人なのだろうか。

「……」

摩耶が沈黙していると葬儀社は、

「どのようにいたしましょうか。住所はご記帳のとおりですし、私どもでは対応のしようがございません。どなたかが代わりに持参され、ご住所を間違えられた場合も考えられますが」

「わかりました。その品物はキャンセルしてくださいというか私の方で引き取りますので……こちらに転送してください。住所がわかるかもしれませんので」

摩耶は事が大げさにならないように言った。

この熊倉と松岡が預かったと思われる三人については、松岡に問い合わせてみよう。


翌日、昼休時間を利用して松岡に電話した。外に出ているかと思ったが運良く在席していた松岡は、

「四十九日のお返し、お送りいただいてありがとうございました。早いですね、もう四十九日経ってしまったのですね」

と優しく話す。

「その節は本当にありがとうございました。ところで少しお尋ねしたいことがありましてお電話をいたしました。よろしいでしょうか」

と言ってから、摩耶は九州関係の参列者について尋ねた。

思っていたとおり、館長の知り合いではあるが、その日会ってはいなかった三人についての不祝儀袋は、ほかの会社関係と一緒に松岡が言付かって持参したものだった。しかし熊倉という人はまったく覚えがないという。

熊倉という人物。参列者芳名帳で書かれた順番はかなり後の方であるのを、摩耶は昨晩確かめていた。松岡に心当たりはないか質したが無駄であった。

「九州の知人の中で、父が最も親しかった方はどなたかご存じありませんか」

摩耶の問いに、

「……山口部長が個人的に親しかった方は特にないと思います。部長はあまり喜怒哀楽を表に出されなかった方でしたので……おつきあいも程々かと」

松岡の返答は館長の話と少しくい違っていると摩耶は感じた。

「なるほど……」

摩耶の差し出したタブレットを食い入るように見ていた大迫は、何度も言葉を繰り返す。

「すごいですね……こういうことがすぐに連想できるなんて図書館の館長ってすごい人なんですね」

すごいを連発する大迫に、館長の前職が都政調査室であること、そこでM総研の父と知り合いだったことをあらためて話した。

「図書館の館長って、そういう人がなるんですね」

「今の館長は特別なんですけれど……」

摩耶はこう言ってもわからないだろうなと思いながら言葉をつなげる。


「実は僕の方からも報告があります」

大迫は話を変える。声のトーンも神妙になった。

「名古屋で行方不明者の捜索願が出ていて、一見すると単なる失踪なのですが……家族の話だと仙台に友人を訪ねると言って出たきり、戻ってこないということなのです」

「その事件は父の事件に関係するのでしょうか」

摩耶にはいつぞや愛知県警の刑事が訪ねてきたことが思い出されたが、ピンとこない。

「失踪したのは黒田彰男という人物なのですが、この訪ねていったという人物が伊藤友厚だと言うのです」

摩耶は一瞬この黒田が伊藤を殺めた人物かと連想した。

「実は愛知県警の方が家に来られたことがあるのですが、同一事件でしょうか」

摩耶は仙台に行く前、まだ気分が落ち着かなかった頃に愛知県警の刑事の訪問を受けたことを話した。

「愛知県警ですか……そのことはレポートされていませんでしたが。確かめてみましょう」

大迫は携帯で連絡をして要点を話す。すぐに折り返し電話が入った。

「確かに摩耶さんに面会しているようですね。同じ事件です。失踪者が山口さんの名刺を持っていたようですね」

「ええ、でもその名刺、偽物だと思います」

摩耶は父が退職以来名刺をつくったことはないこと、経営コンサルタントという肩書きは父にとって不自然な肩書きだということを話した。

「確かに偽物のようですね。名刺もパソコンで作られたものでした。何者かのなりすましでしょう」

「黒田さんという人はどういう方なのですか」

「腕の良いダイヤモンドカットの職人だそうです」

「それってどういうことになるのでしょうか」

「わかりません……」

今推測できるのは、伊藤氏の父親がダイヤの原石を持ち出し、それを黒田氏がカットして宝石に仕上げた。その宝石はなにか特別な使われ方をしているようだ。その秘密を探ろうとして摩耶の父親は殺され、幼なじみの伊藤氏も道連れにされた。ダイヤを加工したと思われる黒田氏も失踪している。

「まだ現れてこないけれど、これは大変な事件だね。とてつもない秘密が隠されているみたいだ」

大迫は真一文字に口を結んだ。

空巣

大迫が、家まで送ると言うのを大げさだと振り切った摩耶が家に着くと、勝手口の鍵がおりていない。かけ忘れたのかと、朝、家を出るときの様子を思い出すが、確かに鍵はかけたはずである。用心のため庭にまわってみると父の書斎の窓が少しあいている。ここは父が亡くなって以来、開けたことのない窓である。

単なる空き巣なのか、あるいは凶悪犯がなにか細工をしたのか。摩耶は交番に届けるか、大迫に連絡するか迷ったが、大迫に電話をした。交番では、単なる空き巣としてしかみてはくれないだろうから。

大迫からの連絡で交番からすぐに警官がやってきた。警官は書斎近辺の探索から始めているようだ。ほどなく大迫もタクシーでやってくる。

「大丈夫ですか」

大迫が摩耶に声をかける。

「まだ、家にも入っていないので、どのような状態かわからないのですが……」

「とりあえず家の中に入りましょう。ちょっと待っていてください」

大迫は摩耶から家の鍵を受け取り、警備の主任と思われる刑事に鍵を渡して中に入らせた。

まもなくその刑事が戻ってくる。

「爆発物はないようです」

大迫は中に入り摩耶を誘導する。家の中が荒らされている様子はない。しかしリビングの机の上には父の使っていたパソコンが電源の入ったまま置かれていた。マウスを動かすと画面に、

「これ以上の探偵ごっこはやめなさい　父」

という文字が現れた。クリックすると、

「もしやめないと私と同じようになる　父」

という画面に替わる。

「ずいぶんと人を食った犯人だな」

と大迫はマウスを摩耶から受け取り、続きがあるか確認するが、奇妙なメッセージはそれだけであった。

「摩耶さん……ここは危険ですね。しばらくここから離れた方がいい」

という大迫に、

「でもホテル暮らししたって危険は同じでしょう」

「しばらくヒルズに泊まったらどうですか。ここよりはましです」

「大迫さんの部屋に泊まるのですか」

それでも良いなと摩耶は少し期待する。

「ヒルズは来客用に使える部屋があるのです。たぶん空いていますから聞いてみましょう」

大迫は電話して部屋を確保する。その間に摩耶は当面必要なものをキャリーバックに詰めた。ヒルズだと少しよそ行きの服を詰め込まなくては。あれもこれもと、自然と荷物は多くなる。


ヒルズに着くと摩耶はいったん来客用の部屋に自分の荷物を置いた。部屋の鏡の前で髪をとかし、口紅を直して大迫に渡されたカードキーを使って階上に上がった。

「ずいぶんと綺麗なんですね。大迫さんのお部屋って……」

とても男の一人暮らしとは思えない。ベッドは壁収納、食器棚や机、本棚はすべて作りつけ。埃はほとんど見あたらない。

「うーん……そうですか。そんなこと言われたのは初めてですけれど。といってもこの部屋に入った人は摩耶さんが初めてですけれど」

本当……？　という顔で摩耶が大迫の顔を見ると、

「あっ……違った……もう一人いる」

「やっぱり」

「掃除のおばさんです。週に二回、部屋の掃除サービスを頼んであるのです。だからでしょうね。部屋は綺麗です」

ハイクラスのマンションだとそんなこともできるのか……でも私ならやらない、と摩耶は思う。

「もうだいぶ遅いですけれど、少しなにか飲みますか。それとも部屋に行かれますか」

との大迫の誘いに、

「それじゃあ、ビールをください」

ワインだとロマンチックすぎるものね、と自分に言いわけをして、

「犯人はどうして警告をしてきたのでしょうね」

大迫はグラスについだビールを一気に飲み干すとこう言った。

「警告ですか……脅しではなくて」

「脅しでもあるんでしょうが……犯人側もなかなか難しい状況かもしれません。犯人……複数あるいは組織的な集団でしょうが」

「組織的な集団って……暴力団ということですか」

「いや暴力団そのものではなくて、暴力団を動かすことができる組織でしょう」

「その組織に父は抹殺された……」

「たぶん」

「警告の意味は」

「文字どおりでしょう……これ以上踏み込むと抹殺せざるを得ないということ。二つの事件について僕たちは殺人だと思っていますが……」

二つの事件が殺人であるという具体的な物的証拠はない。ところが摩耶に万一のことがあれば警察も単なる事故とは考えない。再捜査は必然だ。黒田氏の命はもうないと思うが、犯人は遺体を隠している可能性が高い。遺体が出てくれば殺人事件として捜査され二人の事件も詳細に再捜査される。物的証拠がない今の状況では警察庁に勤める自分でも現場を指揮することには無理がある、と大迫は説明する。

話し終えた大迫が窓の外を見て思考の世界に飛んでいくのを、

「光司さん……」

と摩耶が押しとどめる。

「えっ」

自分が名前で呼ばれたことに大迫は一瞬驚くが、すぐに嬉しそうな顔を見せた。

「光司さんの抱えている事件はどんな事件なの？……聞いてはいけない？」

「いいえ……いいですよ。僕たちは同じ星座に生きているのかもしれない」

「同じ星座……星の下ではなくて？」

「そう同じ星座……父と母が死んだとき……」

光司が自分の事件を話し出した。


事件は光司が高校二年のときに起きた。光司がちょうど修学旅行で留守にしていたときのことだ。父母それぞれが無断欠勤となり電話も通じず、会社の部下が家を訪問して事件を発見した。光司は修学旅行先の韓国から急いで戻ってきたが、遺体に対面したのは亡くなってから三日が過ぎたときだった。父母そして妹は胸に銃弾を浴び、父の机の引き出しや書棚が荒らされ書類や手帳類、パソコン、通勤用カバンなどが持ち去られていた。

警察は手口が巧妙であるところからプロの仕業だと推理し会社関係を洗ったが、会社側の協力は名ばかりのモノで結局正確な情報は得られず捜査はとん挫した。

光司が警察庁に勤めて少しずつ断片的な情報をつなぎ合わせていくと、光司の父親は某国の国王の亡命に関与したらしい。それが事件の背後にあるのではないかと今は考えている、と光司は結んだ。

「同じ星座……」

光司の話を聞いて摩耶も思う。

「摩耶さん……二、三日図書館を休めませんか」

「休んでどうするの……九州に行くのですか」

「九州はもうすこし先にしましょう……もし犯人が摩耶さんを見張っているなら突然姿を消せばかなり焦るはずです。もちろん数日のうちにここにいることはわかってしまうでしょうが。二、三日行方をくらましていれば必ず図書館に接触してくるはずです」

「接触してくる人が犯人グループということですか」

「そうです。何人かが接触があると思いますが、その中に犯人グループの一人がいるでしょう。ただその人は単なる使いっ走りかもしれません。操っている組織が後ろにいるはずですから深追いは禁物です」

「わかりました。明日、仮病を使ってみます」

「そうしてください。携帯もしばらくでない方がいい。……僕からのは別にして」

「はい……そうします」

と応えたものの、……ちょっと気を落として摩耶がドアに向かうと、後ろから抱きかかえられた。摩耶はすでに唇を求めていた……。

仮病

翌朝、摩耶は電話の音で目が覚めた。携帯表示を見ると大迫である。自分はどこにいるのだろうと一瞬迷って見回す。自分がこの部屋にいて大迫が外から電話するというシチュエーションにいささか惑いながら電話にでた。

朝食をレストランでとろうという誘いである。レストランで仕事の段取りを考えていたのだという。

久しぶりに摩耶は熟睡できたような気がする。カーテンを開けると朝の陽射しが射し込み、彼方に東京タワーが見える。東京の街をこんな風に見たことがあったかと摩耶は思い返す。眺望する景色の一つひとつを確かめるように、摩耶はしばらく眺めていた。

「光司さんはいつもここで朝食をとられるのですか」

名前で呼ぶのはなれなれしいかなと思いながら摩耶は尋ねた。

「普段の僕の朝食は珈琲だけです」

と言いながら大迫は運ばれてきた食事をせっせと口に運んでいる。食事はバイキングではない。ウェイターがセットを運んでくる。落ち着いて食事ができる仕組みだ。

程良いところでお替わりを聞いてくる。

「役所はお休みですか」

摩耶は大迫がゆっくりと朝食をとっているのが気になった。

「先ほど連絡が入って、今日は議員さんのところに案件を説明に行くことになったので……資料は同僚が持ってきてくれるのでゆっくりしていられます」

「何時にお出かけなの？」

「九時半に来てくれといわれているので、九時二十分で大丈夫」

「えっ……？」

「ああ……議員さんの事務所、このビルの中なのです。……ここで暮らすまではこのメリットに気がつきませんでしたが」

大迫は顔を崩し、摩耶もつられて笑った。

「昨日言いそびれましたが、黒田さんという人はダイヤモンドの研磨に関しては世界的なレベルの人のようです。だからこそ単なる失踪とは考えにくく、摩耶さんのところまで愛知県警は足を運んだようです」

「それで犯人は黒田さんに会いに行くのに、どうして父になりすましたのでしょう」

「よくわかりませんね。黒田さんにダイヤの原石、つまりグレコの石を渡したのは伊藤さんでしょう。伊藤さんの友人だと名乗れば会いやすかったのかもしれない。ひょっとすると新聞記者とか私立探偵とか、そういう類の人かもしれません」

「でも事件は表沙汰になっていませんよね」

「二つの事件がある大きな事件から派生したモノであれば、本筋の事件を追いかけている記者がいるということも考えられますね」

なにがなんだかわからなくなってきたと摩耶は気が沈んだ。

「今の段階では考えても仕方がないことです」

大迫はこう言って、「昨日どこにも連絡はしない方がいいと言ったが叔父さんにはしておいた方がよい。警察からの連絡が家に入るはず。摩耶の行方がわからなければ叔父さんに連絡が入るだろうから、その前に連絡しておいた方が大げさにならない」と付け加えた。

大迫が席を立った後も摩耶はレストランに座ったまま、自分に接触をしてきそうな人を考えた。まず浮かぶのは松岡。そして容子。図書館の館長、そして課長と同僚達。葬儀社も入るのだろうか。

葬儀までも献身的に面倒をみてくれた松岡を疑うのはためらわれるが、父が彼を評価しなかったことが疑惑を大きくさせる。容子とは先日気まずい別れ方をしてしまったが、彼女が関係しているとは思えない。

今はもう、自分は光司と離れられなくなっている。ここ数日で大迫に対する気持ちは大きく変わった。言いわけがましいがあのときは、まだ光司との関係は未知数だった。容子はバリで結婚式をすると言ったとき、純一との結婚を決心したと思う。

突然、携帯が鳴った。いけない……叔父に先を越されてしまった。

「摩耶さん大丈夫？　風邪ひいちゃったんだってね。図書館の人が言っていたけれど」

「ご心配をおかけしてすみません。少し疲れてしまって休みました」

「そう……空き巣が入ったんだってね……」

警察から叔父への通報は空き巣となっているようだ。

「ええ……そうなんですけれど」

「なに盗られたの？　この頃の空き巣は現金しか持っていかないと聞いているけれど」

「盗られたものは大してないんです」

「そう、それは良かったね」

叔父は詳しいことを聞こうとはしない。

「叔父さん……頂いた電話で申し訳ないのですが」

「なに……いい人見つかった？」

先日の話の続きと受け取ったらしい。

「そうじゃないんです。私、あの家売ろうかと」

「それはまたずいぶん思い切ったことを言うね」

「あそこにいると死んだ人のことばかり思うから、お父さんの納骨が済んだらどこかに引っ越そうかと」

「……なるほど……そうなんだろうね。摩耶さんはいずれ結婚したとしてもあの家に住むということはないだろうし……わかった。どのくらいの値段で売れるか相場を調べてみよう。わかったらまた電話するから」

「すみません。自分でも調べてみますけど、よろしくお願いします」

電話はあっけなかった。叔父はおおげさには考えず、すべての事情を呑み込んでいるようだ。

大迫が推測したようなことはなかった。

ラザール・ダイヤモンド

大迫からは三日間くらい行方をくらませておくようにと言われたが、実際この期間、仕事もせず誰とも連絡をとれないのでは時間をもてあましてしまう。六本木ヒルズの建物の中を散策するくらいならば大丈夫だろうと摩耶は下におりた。

近くで仕事をしているにもかかわらず、ほとんど摩耶はこの街で遊んだことがない。落ち着いて歩いてみると、この街もなかなかなのだと思う。大迫につられて自分の感覚も変わってしまったのかとも疑ってみるが……。ファッション・雑貨・バックボーンをもつ数多くのレストラン。

ふと、ジュエリーの店が摩耶の目にとまった。

「ご婚約ですか」

店の主人らしい上品な女性が声をかける。「ええ……」と摩耶が感情を抑えて応える。

プロポーズはまだされていないけれど、自分はもう充分その気になっている。摩耶はそんな自分に驚いた。

「こちらの指輪はいかがでしょう。ラザール・ダイヤモンドでございます。よくお似合いかと」

数多く並べられた指輪の中から、ひときわ美しい輝きを放つ指輪を取り出して店主はすすめる。

「ラザールというのはダイヤが採れた場所なのでしょうか」

摩耶は恥を承知で尋ねてみる。

「いいえ、ラザールといいますのはラザール・キャプランという方のお名前です……」

この手の仕事をする人特有の、話し好き、説明好きな店主はラザール・ダイヤモンドについて説明を始めた。

ダイヤモンド取引の世界の中心であったアントワープ。ここではダイヤモンドを最大に輝かせるカット理論を考えた数学者マルセル・トルコフスキーをはじめとして、トルコフスキー家が名を馳せていた。トルコフスキー家の縁戚だったラザール・キャプランは幼い頃から当家で研磨技術を学び一九〇三年二十歳で独立、「ラザール　ダイヤモンド」を創業する。ラザールの名を決定的にしたのは、ヨンカーダイヤモンドという巨大な原石のカッティングである。一九三六年、わずかなミスでも粉々になるといわれた七百二十六カラットダイヤモンドのカットに成功。「カッティングの魔術師」「ミスター・ダイヤモンド」と呼ばれるようになった。

「カットは唯一、人の技術によるもので職人の腕の見せどころ」と店主は誇らしげに言った。

「日本にはラザール・キャプランさんの技術を伝授された方はいらっしゃらないのですか」

行方不明になっている黒田を想定しながら摩耶は話を探った。

「何人かオランダで修行された方はいらっしゃるのですが、やはり本国で作られたものと比べますとどうなんでしょうか……」

「黒田彰男という人はご存じですか」

黒田の名前を聞いた女主人は一瞬驚いたように、また同業者なのかと眉を寄せ、

「黒田さんとはお知り合いなのですか」

と、摩耶に逆質問をする。

「いいえ、亡くなった父の知り合いなのですが、どんな方なのかご存じならば教えていただければと思いまして」

「ああ、そうなのですか。黒田さんは天才的なカットの名人でいらっしゃいます。黒田さんもラザール・キャプランのところで修行されたはずです。でも黒田さんは非常に職人気質の方で、ある意味偏屈な方だと業界では噂されておりますが。黒田さんは私どもがどんなにお仕事をお願いしましても、なかなか引き受けてはくださいません……」

「……なかなか引き受けてはくださらない」

摩耶はテクニックを使った。

「そうなんです。本当に良い原石を持ち込まないとお仕事はなさらないので……」


携帯が鳴った。大迫からである。

「はい、摩耶です」

「どうしていますか？　お昼食べました？」

「いいえ、まだです。ヒルズの中をぶらぶらしています。いまジュエリーの店でダイヤモンドについていろいろ教えていただきました」

「三階のお店ですか……あそこのマダム、なかなかでしょう」

「光司さん、ジュエリーの店にも行かれるんですか……」

「いや、ちょっとした事件がありましてね。それで顔を合わせれば挨拶するくらいです……気に入ったものはありました？」

「気に入ったって……何ですか」

「婚約指輪を見にいったんじゃないんですか？　……そうじゃないんだ……がっかり」

「ちょっと気が早いんじゃありません？　……まだプロポーズもされていませんよ」

「そうですか……そうだったかな……。ところで暇をもてあましていませんか」

「はい……少々」

「ヒルズの中に図書館があるのはご存じでしょう。調べものをするのにかなり役に立ちますよ。読書するにも良い空間だし……四十九階です」

「はい、図書館協会の研修で来たことがあります。でも確か会員制だったと思いますけれど」

「昨日お渡しした、部屋のキーを持っていってください。パスワードは摩耶さんの誕生日です。偶然ですけれど僕の母と誕生日、同じなんです。……それからすみません、今日少し遅くなります」


瞬く間に三日が過ぎた。三日間もどうするんだろうという、初めの摩耶の心配とは裏腹に、充実した三日間になってしまった。

朝起きて大迫と朝食。初めの日は大迫から電話があったが、二日目からはレストランで顔を合わせた。大迫を送り出したあとは四十九階の図書館に行ってライフワークの調べもの、午後は美容院に行ったり、歯医者に行ったり、エステに行ったり。時間はすべて埋まってしまう。

四日目の夜、二人が初めて食事を一緒にしたレストランで、

「初めて食事をしたの、ここでしたね」

と大迫が声をはずませて言う。

「ええ、あそこの窓際の席だったわ」

「どうします？　明日からあの家に戻るのですか？……僕は心配ですが」

「お部屋はいつまでお借りすることができるんですか」

「五日……だったかな。だからもう一泊。二、三日ホテルに泊まって、また戻るというのもできるけれど……面倒ですね。それで……話してもいいかな」

「なに……？」

と、摩耶が上目遣いになる。

「いっそ……僕の部屋に住んだら……」

「一緒に住む……のはかまわない……ううん、一緒に住みたいと思うけど。ズルズルとめどもないのはいやかな」

「それじゃあ、いったん自由が丘の家に戻りますか」

「いいえ……あの家は売ることにしました。来週、納骨を済ませたら荷物をまとめるつもりです」

「大丈夫なの?」

大迫は摩耶の顔をじっと見た。

「なにが……ですか」

「家を手放して寂しくないかっていうこと」

「叔父にも話したんですが、あそこの家にいるとかえって寂しくなるんですよね。ここに連れて来てもらって……父が亡くなってから私、初めてゆっくり熟睡できたと思った」

「叔父さんにも家のこと、話したんですか……」

大迫は意外だという顔をした。

「はい、叔父はいくらが相場なのか調べてみると言ってくれました」

「なるほど……ということは……結婚式を早めるのが一番の解決策かな」

「私、結婚式はどうでもいいかな……」

「不思議だな……女の人は誰でもウエディングドレスを着たいのかと思っていた」

「容子がバリで結婚式するらしいけど、私は何人か身内の人だけ集まってもらって……それがいいと思うんだけど」

「容子さん……って」

「私の一番の親友……デパート時代の同僚なんです。スペインも一緒に行ったし……」

摩耶は父の葬式で容子が大迫を見初めたこと、目白警察から大迫の情報をいろいろ聞き出したこと、父の足取りを調べに仙台に同行してくれたことなどを、笑いながら話した。大迫は黙って面白そうに聞いていたが摩耶が話し終わると、

「ちょっと変ですね……」

と首を傾げながら感想を漏らす。

「変って……なにが?」

大迫の意外な反応に摩耶は口をとがらせた。

「それだけ積極的な人なら、なにか僕に接触があるか、人を介しての接触があるはずですよ。それがないっていうことは……たぶんアレですね」

「アレって」

「摩耶さんの気を僕に向けさせたということだと思う」

「私の気を引くため……」

「僕は容子さんに感謝しないといけませんね。何かお礼をしなくては。まずは今度、食事をご馳走しましょう」

「そうかなあ……そうとは思えないのだけれど」

摩耶は考えてもみなかった光司の推理にいくらか戸惑った。

「まあ、いいでしょ。バリの結婚式はいつなんですか」

「まだ聞いていないけど……なぜ」

「その前にしたのでは悪いかな……その明くる日にしましょう」

「どこで」

「バリでいいんじゃないの？」

大迫の話し方は快活だった。


明くる朝、摩耶が出勤すると皆の視線が集中する。驚くような、見直して眉を上げるような仕草をする。庶務の河合史香が、

「山口さんどうしたんですか。いつもとぜんぜん違うみたい」

と言う。

「なぜ……どこか変……?」

と、摩耶が返すと、

「なんだか肌が透き通っている感じ……超、綺麗。……別人みたいですよ」

「そう、あの美容院、腕がいいのね、顔のマッサージも丁寧だったし」

「美容院のせいだとは思えませんけど?」

と言って史香は意味ありげな笑い顔をつくった。

机のパソコンの上にはポストイットが何枚も貼られている。ほとんどが仕事に関する連絡や問い合わせで、それ以外の個人的な電話は意外に少ない。

一日目に叔父から一件。二日目に容子から朝一件と午後一件。それに目黒警察から一件。これはたぶん空き巣に関する連絡だろう。三日目の朝に容子から一件のみであった。摩耶が予想していた松岡からの電話はない。大迫が言うように誰かから自分が監視されていることはないのかもしれないと摩耶は思った。容子の携帯に電話してみたが、電源は切られているようだ。

館長から出勤したら部屋に来るようにと、昨日の午後に入っているのを認め、まさか館長が犯人グループのわけはない、と思いながら摩耶は階段を上った。

田村館長は摩耶の顔を見ると、

「風邪をひいたんだってね……どう具合は。顔色は良さそうだけれど」

と声をかけた。

「風邪は大したことはないのですが、少しごたごたがありまして」

と摩耶は、家に空き巣が入り一人暮らしなので気持ちが悪い、体調も万全でないので知り合いの家に厄介になっていると話した。

「そう……福岡の浅田さんから電話があってね。山口さんのご自宅に電話をされたんだがお出にならない……。いや四十九日の返礼が届いたので電話をしたのだそうだが……。ちょっと気になったようで僕のところに電話をしてきた。風邪を引いたらしいと答えておいたが」

「すみません。ご心配をおかけして。浅田さんのお電話番号は控えがありますから、電話をいたします」

「いや……すぐにでなくていいんじゃないかな。急用があったわけでもなさそうだし」

館長の用事はそれだけであった。

昼休みに光司から電話がかかる。

「なにか変な接触あった？」

「特になにもないけれど。ちょっとおかしいのは館長」

「……館長がおかしい……の？」

「四十九日の返礼が届いたといって、九州の浅田さんから館長のところに電話があったらしい、のだけれど」

館長から聞いた話を伝える。

「それを変だと摩耶さんは感じたわけね」

「お葬式の返礼が届いたからといって電話するかしら、私だったらしないけど。光司さんだったらする？」

「そうだね……確かに妙かな。ありうるとは思うけれど。でも直感って大事だしね……」

「今日はいったん自由が丘に帰ってそのあと、ヒルズに戻ります」

「わかった。今のところ今日は早く帰れそうです。食事も一緒にできると思う」

「はーい」

摩耶の返事は甘い声になった。

光司との電話を切ったとたん、容子から電話が入る。

「ずいぶんと長い電話だったわね……」

「どうしたの……いきなり……」

あわてた摩耶が答える。

「どうしたの……はないでしょ。摩耶の家、泥棒に入られたんだって」

「え……どうして容子がそんなこと知っているの」

「ジュン君から聞いた……この前。ジュン君が摩耶の家のそばを通ったらパトカーがいっぱい並んでいたので、なにかなと思って家の前まで行ったんだって。そしたら警官がたくさんいて、聞いたら摩耶の家に泥棒が入ったって聞いたので私に電話してきた。私何度も電話したんだよ……図書館にしても風邪で休んでいるというし、携帯にもでないし……」

「ごめんなさい……ありがとう心配してくれて。でも私は無事」

と答えながら、もしかして純一は犯人の手先かもしれないと頭をかすめた。純一は容子の高校時代の同級生だが、家の最寄り駅は摩耶と同じである。それ自体、不自然ではないのだが……。

「それで……今日会えないかな……」

「今日……ちょっと詰まっているけど」

と言いながら摩耶は時間の計算をする。五時半退社。六時半帰宅。七時に家を出れば七時半にヒルズ。

「なんとかならない？　……結婚式の招待状もできたし、摩耶にしてほしいこともあるんだけれど」

「そうか……少し遅いけど八時でもいい……？」

「いいよ……八時なら。残業して仕事少し片づけられるし。どこ？……いつものところ？」

「そうね……ヒルズでもいいかな？　……二階にTという喫茶店があるからそこにして」

「えっ……どこ。ヒルズ？……摩耶、変じゃない……ヒルズ、嫌いじゃなかった？」

「どうして……わたしヒルズって嫌いって容子に話したことあったっけ……」

「……だと思うけど。まあいっか。八時にそこに行くから」

電話を切った摩耶は、光司にメールを打つ。

「八時に容子とヒルズの喫茶店で会うことになったので、少し遅れます」

すぐに光司から、

「了解。昨夜のレストランを予約しておきます。一緒に」

と返信があった。


三日ぶりの帰宅である。駅前の交番に声をかけると、警官は愛想良く敬礼をした。家の中はどんなに荒されているか、と不安であったが、帰宅してみると思いのほか片づいている。留守宅に侵入した招かれざる客も、捜査官たちも、家の中を荒らすことはなかったようだ。父の名前を語ったパソコンは閉じられてはいるが、父の部屋で存在を示している。

ふと思った摩耶はパソコンを荷物に詰めた。あとは父の旅行用のスーツケースに身のまわりのものや洋服類を補充して家を出る。

玄関を出たあと、父の遺骨が気になって再び部屋に戻るが、

「ごめんね、お父さん」

とつぶやいてそのままにした。

浅田

電車の接続がスムースにいき、約束の八時には早すぎた。摩耶は部屋に戻ってスーツケースを置き、二階に下りた。それでも、まだだいぶ時間があったが容子は来ていた。

容子は摩耶の顔を認めるとびっくりしたような表情。今朝、図書館の同僚たちがしたように眉を上げて見直すようなしぐさをする。

「どうしたの摩耶。別人みたいにきれい。女優さんかと思った」

摩耶の答えは今朝と同じ。

「昨日行った美容院、エステがすごく上手だったみたい」

「それだけではないと思うけど……」

容子の言葉に摩耶が笑い出した。

「どうしたの……なにがそんなにおかしいの」

「今朝ね、図書館の人が言ったのとあまりにそっくりだったから……」

「そう……誰でもそう思うのね……きっと。……摩耶、男ができたんでしょ。凄く色っぽくなってる」

「変な言い方しないでよ。男ができたなんて」

「じゃあ、ちがうの？」

「それはそうだけど……」

「誰？……私の知っている人……まさか、あのパパの部下だっていう人ではないよね」

「当たり前じゃない」

「じゃあ、誰？……もしかしてあの刑事さん……そうか……。それでいつからそうなったの？」

渋々認めた摩耶は、光司との経緯を話す。光司への思いを夢中で話していた容子に、そのまま話すのは、いささかためらわざるをえなかったが是非もなかった。

摩耶の懸念をよそに、容子は淡々と話を聞いていた。

摩耶は話しながら、容子の執着は何だったのか、光司の推理があたっているのかもしれない、自分はなにもわかっていないのかも……、と思わざるをえなくなった。

「へー、いいタイミングで泥棒入ってくれたんだ。もしかして本当にパパの幽霊かも……」

と容子の発想はあくまで楽観的だ。

摩耶は口をとがらせ、左右交互に頬を脹らませて容子の感想を聞いていた。

「あなた、大迫さんに興味あったんじゃないの？」

摩耶は聞かずにはいられない。

「えっ……そうだっけ」

おとぼけなのか、本気なのか、摩耶には理解し難い答え方をする容子だ。

「これ、結婚式の招待状。さ来月の二十一日第三日曜日です。バリ島でします。えーと招待状一通でいいのかな。大迫さんも一緒だよね」

「うん、行かれるかどうか聞いてみるわ」

摩耶は光司が言っていた、容子の結婚式の明くる日に自分たちの結婚式をしようという話はできなかった。

「食事一緒にしない？　光司さんも一緒にしたいと言っていたけど」

「えっ……光司さん……ああ彼のことね。ごめん、今日は無理。ジュン君、これから夜行便で出張だから羽田に送りに行くのよ」

と言って容子は立ち上がった。


「どうしたの、一人？」

一人で現れた摩耶を見て、光司が不思議そうに言った。

「今日、ジュン君が海外出張で、羽田まで見送りに行くんだそうです」

「そう、……だったら仕方ないね」

「光司さんが言っていたの、あたっていたのかもしれない」

「どうしたの……」

「光司さんのことを容子に話したら何の反応もないのよ。全然悔しがらないし」

「やっぱり」

「私ってなにもわかっていないし、誰かに操られているみたい」

「操られているって……みんなそうだよ。摩耶を操った容子さんだって誰かに操られているんだから」

光司が言ったことは真理なのだろうが、摩耶は光司が「摩耶」と呼び捨てしたことに少し心の高まりを覚えた。

「部屋のことなんだけれど……聞いてる?」

「はい」

光司が事務室に確認したところでは、部屋の貸出は原則五日ではあるが、ほかに予約が入っていない場合にはさらに延長が可能だという。ここのところあまり利用されていないので、ひと月くらいは大丈夫ではないか、との話である。

「さてと、ここだと昨日と同じ食事になってしまうかな。ちょっと味気ないね」

「でも今から出たのでは悪くないかしら。できれば軽く済ませたいのだけれど」

「そう……全然かまわないと思うよ。なにも注文していないし、飲み物だけでもいいはずだけど」

「だったらそうしてください。でも光司さんお腹空いていないの？」

ボーイがやってきたところで光司はカクテルを注文した。


「浅田さんのこと調べてみた」

「なにかわかった……？」

「いや、たいしたことはわからなかったよ。浅田さんは九州の名士なんだね」

と光司が話し出したところでは、浅田は九州でも指折りの不動産業を営む企業人ということである。満鉄調査部と直接関わりがあったわけではなかったが、戦後の復興期に父の順一郎は旧満鉄調査部の就職斡旋に力を貸した。自らの会社にも人材を受け入れた。その関係で浅田は専調協の幹事にも推され、またその任も淀みなく果たしているのだという。

「それだったら、浅田さんはまったく関係がないのかしら」

「人物的にはそうなんだけれど……少し気になるところがないわけではない」

「気になるところって」

「山口さんのお葬式の参列者のリストに、松岡周平さんの名前を見たような気がしたんだけれど」

いきなり松岡の名前が出たので、摩耶は唾を呑みこんだ。

「松岡さんは父の部下だった人……お葬式では受付を手伝っていただいたけれど。松岡さんがどうしたの」

「ああ、あの人が松岡さんなんだ」

光司は合点してうなずく。

「それで」

「松岡さんは浅田さんの甥らしい」

「えっ……松岡さんと……そうなの」

摩耶は松岡の一連の不可解な行動がとけたように思えた。

摩耶は松岡について一部始終を話した。もちろん松岡が自分に好意を寄せていたことも。父の遺産について松岡が情報をくれたことも話した。

「山口さんは、松岡さんと浅田さんの関係を知っていたと思う?」

光司が聞く。

「どうなんだろう……」

　摩耶は想像がつかない。


「でも、父が私にまったく話さないで一方的に松岡さんの申し出を断ってしまったのは、父らしくないような気がしたんだけれど」

「それは摩耶さんを手放したくないからではないの？」

　光司は少し斜に構えた言い方をした。

「たぶん違うけれど……たとえそうだったとしても、私に無断で話を進めたり、止めたりはしない人だった」

「……ということは、松岡さんは摩耶さんの相手としては相応しくない、という確かな根拠があったということなのかな」

「それが浅田さんの甥だからというのは、すぐには合点がいかないけど」

「もしかしたら浅田さんには隠された秘密があるのかもしれない。その秘密に山口さんが触れたから、一連の事件が起こったのかもしれない」

「突き詰めるとそんな風になったしまうのかしら。光司さん、さっき浅田さんには気になるところがいくつかあるって言っていたけど、ほかにもあるの」

「会社の動き方からみると、浅田さんは電力会社とのつき合いが強いみたい」

「電力会社と結びつきが強いとなにが変なのかしら」

「電力会社といえば原子力か石油だよね。裏になにがあるかわからない世界だからね」

博

摩耶の携帯が鳴った。見覚えのある番号だが誰だったろうか。

「もしもし……」

一応、用心のため名前は言わない。

「お姉さん。博です」

電話はいとこの博からだった。ひとりっ子同士、博は摩耶のことを姉さんと呼ぶ。

「まあ博さんだったのね。……おめでとう結婚するんだって」

「うん、ありがとうございます。姉さんのところ、空き巣が入ったんだって。親父がそう言っていたけど」

「そうなの。気持ちが悪いので、今は友達の家に泊まらせてもらっているのよ」

「そうなんだってね、それで、親戚の顔合わせの案内を送らなければと思っているんだけど、どこに送ればいいのかな」

「そうね、しばらく家には帰れそうもないから、図書館宛に送ってもらってもいい？」

「そうします。じゃあまた……それまでには京子を会わせに連れて行くから」

「待って、博さん。叔父さんから聞いたんだけど、博さん、お父さんの部下だった松岡さんと親しいんだって？」

「えっ、松岡さん？　浅田さんの甥の松岡さんのこと？」

博の話がいきなり浅田にとんだのに、摩耶は面食らった。

「そう、その松岡さん」

「親しいといっても僕の方からお願いするだけだけどね」

「意味がよくわからないけれど……」

「だいぶ前だよ。姉さんがまだデパートに勤めていた頃かな。うちの社が福岡にアウトレットをつくるのに土地を探していて。九州の不動産最大手の浅田さんのところにいろいろ頼みごとをしていたときに、なにかの拍子に伯父さんの話が出たんだ。そしたら松岡さんの話も出て。それから松岡さんを通したらなんでもスムースに事が運ぶっていうのかな。松岡さんと浅田さんって、どういう関係なんだろうって思ったこともあったな」

「普通のおじ、甥って関係ではなかったということなのね」

「そう。不思議だなと思ったこともあった。浅田さんにはお嬢さんしかいないから、松岡さんと娶《めあわ》せてあとを嗣がすつもりなのかなと思ったんだけど、松岡さん、姉さんにプロポーズしたんだって？　いつだったかな、見事に振られましたよ、って言ったことがある。だから後継ぎっていうことではないんだなと思ったんだけど」

「そう、そんなことがあったのね。全然知らなかった。ありがとう。京子さんに会えるのを楽しみにしてるわ」


「少しずつわかってきたね。山口さんは、浅田さんと松岡さんの関係を知っていたんだね」

「私も博の話を聞いていてそう思いました」

「だから摩耶さんの相手には相応しくないと思った。それは浅田さんになにか危険なものを感じていたからに違いないと思う」

「危険なものってなにかしら」

「それは今はわからない。二人、いや三人が殺されているんだ。尋常な相手ではないと思わないと。十分気をつけてくださいね」

光司は摩耶の目を直視して言った。

「さてと、カクテルも飲んでしまったし、おかわりをするかなにか食べないとね。外に出ようか、どちらにしますか」

「ううん、このままでいいわ。私にはピザかパスタか、簡単なものをとってください」

家屋売買

摩耶の通勤時間は、満員電車に詰め込まれることもなく、大きく短縮された。六本木ヒルズから図書館に向かって裏通りに入ると、賑やかな景色は失せ、一変して各国の大使館が並ぶ落ち着いた街になる。図書館の前には著名な病院があって、もし光司との子どもを産むとしたら小児科・産婦人科で名を馳せているこの病院のお世話になりたいなと思い、顔を赤らめる摩耶だった。


勤務時間が終わって携帯のスイッチを入れると、叔父からの着信履歴があった。

「叔父さん、摩耶です。電話いただいていたみたいですけど」

「ああ摩耶さん、自由が丘の家だけれど、買いたいという人がいるんだけれど」

「えっ……もうですか。そんなに早く買い手が見つかるものなんでしょうか」

「うん、……僕もちょっと話しただけだったし、びっくりしたんだけれど。これも縁のものだからね。友達の不動産屋も首を傾げていた。あの辺はなかなか物件が出てはこないこともあるのかもね」

「私、相場もなにもわかっていませんけれど……」

「そうそれを摩耶さんに話していなかったね。何人かに聞いたんだけれど、みんな同じだね。だいたい○○円くらいかな。家屋はゼロらしいけど」

「そうですか、そんなにするんですか。それで買いたいという方はいくらをつけてくださるのですか」

「時価相場の三割増しでどうか、と言っているらしい」

「え……なんでそんなに。家もなにも見なくていいんですか」

「たぶん建て直すつもりだと思う。値は買いたいという人がそう言うんだから、わけはわからないね。不動産屋もわからないでいるんだから」

「……」

摩耶が考えあぐねていると、叔父は、

「実は博がね」

と言葉を続けた。

「博さん……」

「博は自由が丘の家が空き家になるんだったら、自分が住みたいと言っていたんだ」

「だったらそれでもいいかも」

「いや、そういうわけにはいかない。相続税だってあるし、それ相当の額を払わなくてはならない。摩耶さんはひとりっ子だしね。税金も高くなるはずだから。博が買うなら別だが、それは金額的に無理だと思う」

「話を進めるにしてもお父さんの荷物の整理もあるし、もちろん私のも。売るとしたら引き渡しはいつになるのかしら」

「先方はなるべく早くと言っているらしいけど、いつまでに引き渡し、とは聞いていないそうだよ」

「わかりました。明後日までにご返事します」

摩耶は、光司と一応相談しようと思って電話を切った。

簡単に家を処分するといっても家の中はそのままだし、父の遺品もまるで整理できてはいない。第一、父の納骨ですらできていない。結婚して新居に移るといったとて、全部捨てるわけにもいかないだろう。

家の処分について光司と相談しようと思って返事に余裕をもたせたが、光司に依存して自分が自分でなくなることを恐れた摩耶は、明くる日、叔父に承諾の返事をした。叔父は一瞬驚いた様子だったが、なるべく引き渡しには余裕をもたせるようにする、と言って電話を切った。

「一緒に行った方がいいんじゃない？」という光司の言葉を振り切って、摩耶は一人で母の眠る墓前にやってきた。

「お一人ですか？」

骨壺を前に抱えた摩耶を見て、墓苑の事務員が聞いた。

「はい、親一人子一人なものですから」

「そうなんですか……あなたは確か……」

と言いながら事務員はすぐそばの墓所を眺め、首を傾げた。伊藤の墓所は新しく文字が刻まれている。しかしそれ以上のことは言わず、摩耶が納骨を済ませると、墓石を整え事務所に戻っていった。入れ違いに専属の僧侶がやってきて型どおりの読経が行われ、事が済まされる。

摩耶は墓石に向かって、

「お父さん、また来ます。全部解決してから。お母さん、お父さんのことお願いね」

そして予約してあったタクシーがやってくると、早々に引き上げた。

次は家財道具の始末だ。こんなときに頼れるのは容子だが、容子はそれどころではないはずだ。なにせ結婚式が控えているし、その後はシンガポールでの生活が待っている。所帯道具の荷造りで忙しいはずだ。とはいっても一日ぐらいは手伝ってくれるかもしれない、と思って電話をしてみる。

「どうしたの摩耶。あなたから電話かかってくるって珍しい」

「そんなことないと思うけど……」

「まあ、それはいいけど、用事はなに？」

この前のことが少し引っかかっているのかな、と摩耶は思いながら、

「実はね、自由が丘の家を売りに出そうと思っているんだけれど……」

「わかった。家財道具の始末ね。手伝うわ」

「なんでそんなに察しがいいの？　私、いろいろ説明しなくてはいけないと思っていたのに」

「ジュン君がね、摩耶さんどうするんだろ？　どうみたってあそこの家の相続税、摩耶さんの給料で払えるとは思えないけど、と言っていたの。たぶん売ることになるだろうと」

「ふーん、さすが商社マンね」

「そういうことには頼りになるのよね」

容子は得意そうである。

「でもあなた、結婚式の準備だってあるだろうし、シンガポールの新居生活だったら用意がいろいろ大変なんじゃないの？」

「それがね、シンガポールはフル・ファーニチュアで、所帯道具や電化製品は全部揃っているんだって。だから、家から私のものを運びだすのは三年後に日本に帰ってきてから、っていうことになるらしいわ」

「結婚式は……どうなの」

「それは式の三日前までに行けばうまくいくらしい。銀座のTホテルで打ち合わせをすると情報が送られて用意してくれるというシステムなの」

この情報は摩耶にとっても役に立つ。

「そう。だったら私も便乗してバリで結婚式しようかな」

「摩耶、もうそんなところまでいっているんだ。……そうかダブル結婚式か……、それもいいわね。お互い介添えすればいいんだし」

「本当にそうなってもいいの？」

「いいわよ。招待客だって二組にすれば賑やかになるものね。それよりいつ行けばいいの？あの家だと片づけるものもたくさんあるわよね」

片づけ

「なにか、全部片づいているみたいね」

拍子抜けしたように容子が呟いた。押し入れにはいくつものダンボール箱が並べられ、それぞれに名前が書かれている。散らかっているのは摩耶の部屋だけである。

「なにからなにまで準備して、計画どおりに済ませる人だったから、ある程度は整理してあるとは思っていたけれど」

「摩耶とは正反対ね。全部ダンボールに詰められているし、もしかすると父上、この家を売ってしまうつもりで整理していたんじゃないの。心当たりないの」

「そんなこと考えていたのかな……うーん、そう言えばいつだったかな。摩耶はこの家に愛着あるかな、って言っていたことあったたな」

「なんて答えたの?」

「あんまりないわ、何でそんなこと聞くのって答えたんだけど」

「それで?」

「いや、俺が死んだら、摩耶はこの家には住まないだろうなと思ったからさ、だって」

「そう、父上はあまりこの家に執着はしていなかったのね」

「そうね、父の性格からいえばそうなるわね」

「わあ、かわいい。摩耶、子どもの頃から美人だったんだ」

容子が「摩耶」と書かれたダンボールを開けて、摩耶の写真帖を広げた。

「やめてよ。それ、私の私物が入っているものじゃない」

「うんうん、だから開けたんじゃない」

と言って容子は中を物色している。

「なに、これ？」

ダンボール箱の底に入っていたスクラップブックを見つけて、容子が摩耶に見せる。

「仕事柄、スクラップブックはたくさんつくる人だったけれど、どうして私のところにいれてあるのかしら」

と言いながらパラパラとめくっていた摩耶の顔が引きつった。

「なにか変わったものがあった？」

容子は箱の中に入っていたぬいぐるみをなでている。摩耶の異変には気づかないようだ。

「ううん、な、なんでもない」

整理しなければならないのは摩耶の部屋だけである。部屋にあるものは日常に使うものがほとんどで、買ってきたダンボールに入れると、あらかた仕事は済んでしまった。

「なんか、あっけなかったわね」

「ありがとう助かったわ」

「この家ともお別れね、日本家屋の住宅はどんどんなくなっていくわね」

「暑いし、寒いし、生き残るのは難しいわね。……夕飯どこにしようか」

「ごめん今日はジュン君とデートなんだ」

「ゆっくり話ができると思っていたのに」

「まあ仕方ないわ。大迫さんとは今日は会わないの？」

「昨日から出かけていて、今日は遅くに帰って来るらしいけど」

「土日に出かけるなんて変ね。摩耶、しっかり彼をつかまえてないとダメよ」

スクラップブック

最終便で帰って来た光司を、摩耶は光司の部屋で迎えた。

「お帰りなさい」

「来ていたの。家の方、片づいた？」

「ええ、まあ」

「この前空き巣が入ったとき、ずいぶん整理されている家だなと思ったけれど、それでも大変だったんだろうね」

優しい言葉を光司はかける。

「ええ、それでこんなもの見つけたんだけれど」

と容子が見つけたスクラップブックを手渡した。

「これは……」

光司は、摩耶が広げたページを食いいるように見ている。それは光司が何度も見た新聞記事である。世田谷の閑静な住宅地で親子三人が何者かに銃殺された事件である。

「この記事を山口さんが切り抜きしていたの？」

「そう、まるで遺言みたいに私の写真帖と一緒に箱に入っていた」

「摩耶が決して捨てることがないものと一緒にしてあったということ」

「ええ、確かにそういうことになるわね」

次のページを開けた途端、光司は、

「ええっ！」

と大声を上げた。

それはN国の元首が革命騒動の中、航空機で亡命しようとしたとき、敵機の撃墜を受け航空機は炎上したが元首は一命を取り留めたという記事だった。まさに光司が摩耶に語った事件である。

「山口さんはこの二つの事件が同根だと推理していたんだね。すごい人だ。僕が役所に入って何年もかかってたどり着いたことを事件発生のときにもう推理できていたなんて」

「父は、光司さんのお父様のことをよく知っていたのかしら」

「直接かどうかはわからないけれど。でも、親父がどういう仕事をしていたかはわかっていたのではないかな。でなければこの事件が結びつくはずはないから」

「前に光司さん、私たちは同じ星座に生まれたと言っていたけど、光司さんの事件と父の事件は同じところに端を発しているということ……？」

「そう思って間違いないね。ただ、親父の事件で、浅田という名前はまったく出てはこなかった。今度も直接には出てきていない」

「でも父は、浅田さんは危険だと考えていた」

「そう、この新聞記事をわざわざ摩耶さんが見るように残しておいたのは、どんな意味があるんだろう。もしかしたら、仙台に行かれる前にこのスクラップブックを摩耶さんのダンボールに移したのかもしれない」

　スクラップブックには事件に関連するような記事は見当たらない。ほかには博物館展示の記事や株式市況、大相撲の記事、医療機関の記事が貼られている。

「摩耶さんへのメッセージだから、摩耶さんにしかわからないのかもしれないね。もっともこのスクラップ全部に意味があるのではなくて、この二つだけに意味があるのかもしれない」

　と言って光司は天井を見上げた。

「山口さん、納骨は済まされたのですか？」

摩耶がレファレンスの回答文を作成していると通りすがりに、田村館長が声をかける。

「お心にかけていただいてありがとうございます。先週すませました」

「そう、それでなにかわかった？」

「はい、……少しは進展しましたが、でも……」

「だったら手が空いたところで上に来てください」

と言って、館長は階段を上がっていった。摩耶は後ろ姿を見ながら、だいぶ回復したのだと感じた。


「調査屋の習慣でね。なにかわからないことがあると、トコトン調べないとおさまらないタチなんで。根掘り葉掘り聞いたんではあなたも嫌だろうけれども、許してください」

と、摩耶が館長室に入るなり、田村はすまなそうに声をかけた。

「いいえ、嫌なことはありません。私もなんとか調べたいと思っていますから」

「そうだよね、山口さんのお嬢さんだものね」

と館長は父を引き合いに出した。

「九州の専調協で父が最も親しかったのは、浅田さんとおっしゃっていましたね」

「うん、そうだと思うけど……?」

「実は……」

と言って、摩耶は、父の部下に浅田さんの甥がいて、その人が父を通じて自分にプロポーズしたこと、父が自分に一言も事実を話さないで断ってしまったこと、もし浅田さんとの関係が良好ならば、断るにせよ、自分に一言も話さずに断りはしないのではないかと思うことを話した。

「うーん、そんなことがあったのですか。でも原因は浅田氏かな。浅田さんのことを知っている私の見方だと、問題はむしろその山口さんの部下自身にあると山口さんは考えたんじゃないかな」

「そうなんでしょうか」

「だいたい直接求愛しないで親に話をもちかけるなんて、それだけとってもその男は失格だね。私だったら出入り禁止にする」

「館長のお嬢さんは大変ですね」

「いや、残念ながら私に子どもはいないんだが……」

田村の寂しそうな顔を見て、摩耶は自分の迂闊さを恥じた。

「ところで……本題に戻そうか」

「どこまでお話ししていましたか」

「伊藤さんの父親が、魔法の石がダイヤモンドの原石だということに気がついたところまでだよ……それからどんなことがわかったのかな」

「名古屋に黒田彰男さんというダイヤモンドの天才的なカッターがいらっしゃるそうなんですが、その人が伊藤友厚さんを訪ねると言って家を出たきり行方不明なんだそうです。それに黒田さんは、父の名刺を持って訪ねてきた人と会ってすぐに出かけたそうです」

「山口さんは名古屋に行かれたのかな」

「いいえ、行ってないと思います。父は退職してから名刺をつくってはいませんから」

「そうですか……偽物が現れたということですね……ということは、伊藤さん、といってもダイヤであることに気づいた人は友厚さんのお父さんですよね。黒田さんが友厚さんのところに行こうとしたのはどんな理由なんだろうか」

「そうですね、父の友人の友厚さんと、友厚さんのお父さんとは別人格ですものね」

「考えられるのは、黒田さんが騙されていたかもしれないということかな」

「黒田さんが騙されていた？」

「そう、ダイヤの原石の由緒を知った黒田さんが伊藤さんに確かめに行ったとすれば、つじつまは合うように思うけど」

「なるほど」

摩耶はモヤモヤしていたものが少し溶けた気がする。

「伊藤さんが九州の誰かを頼りに就職活動をしたのは間違いないだろうけど、それが浅田さんというのはハズレだと思う」

「えっ……？」

摩耶も光司も、伊藤の就職先は浅田が斡旋したのだとハナから決めてかかっていたからだ。

「浅田さんはスペシャリストではないんだよ。ディレクターとかプロデューサーという感じ。伊藤さんがまず頼れるのは元の同僚かそれに近い人だろう。浅田さんはこれにはあてはまらない」

「そうすると……」

「浅田さんのまわりにはいろいろな人がいるからね。そのうちの一人かもしれないし、もしかしたら別の陣営かもしれない。ほかにはなにか材料ない？」

「すみません。お話が前後してしまって」

「うむ……？」

「父の遺品を整理していましたら」

摩耶は、父のスクラップブックの画像をスマホで館長に見せた。

「これだと小さすぎて僕には見えないな……メールで送ってくれる？」

田村はタブレットで拡大すると読み出した。

「なるほど、なるほど」

と感心するが、なにに感心しているか摩耶にはさっぱりわからない。

「館長、なにかわかりますか」

摩耶は、館長がスクラップブックに没入していくのを踏みとどまらせるように声をかけた。

「山口さんの資料をもとにシナリオをつくるとね……」

と話し出したところでは、

一連の事件はN国の革命に端を発している。

国王が第三国に亡命をはかり、そのときの資金供与を日本の商社が受けもった。

商社は見返りとして、国王の所蔵している宝物を手に入れた。

美術館の展示の一部はそれに関連するものだろう。

一連の事件の詳細を知るキーマンは何者かに抹殺された。

この事件についての警察の調査に対して会社側からの協力に誠意がなかったのは、会社側に隠さなければならない秘密があったと推測される。

国王が脱出する際、反政府勢力の攻撃によって飛行機は墜落するが、奇跡的に国王夫妻は生還した。

しかし、その生還した国王は別人だとの噂も流れた。

そして数年後、国内が再び安定すると国王はN国に帰還した。

「さてと、ダイヤなんだよね問題は。ダイヤにどんな意味があるのかな」

館長もここは解けないようだ。

摩耶から田村館長の推理と浅田の人物像を聞いた光司は、しばらく沈黙していたが、

「館長さんがそう言うなら、一度浅田さんに会ってみようか」

と言う。

「大丈夫かしら、いくら館長が保証しているからといってもちょっと不安」

「そう、不安は不安。だけど館長さんは人を見る目があるんじゃないかな。そういう直観って理屈よりも確かだよ」

「そうね、どんな風にアポをとればいいかな」

「父が生前お世話になっていて九州まで来たのでご挨拶に、でいいんじゃないの」

「あなたは？」

「ボク？　僕って摩耶のフィアンセじゃないの？」

「まだ指輪もらってないけど？」

「この前、三階の店で選んでおいてくださいと言ったはずだけど」

「ああ、そうそう容子がダブル結婚式、大歓迎だって」

「そう。……ところで容子さんの彼ってなにやっている人？」

「W商社の社員だけれど」

「……」

「どうかした？」

「いや……親父の勤めていた会社だなって」

光司はぎこちなく言った。

福岡

福岡ほど空港の便が良い都市は、日本全国のどこを見回してもないだろう。空港からＪＲ博多駅までほぼ五分、二駅。多くの旅行者が、まずは福岡から入って九州各地に移動する旅程をつくるのももっともだ。福岡市内には、天神と博多の両極がある。

浅田の事務所は西鉄福岡天神駅の真ん前にある。受付で名乗ると最上階の役員室に通された。

「よくいらっしゃいました」

頭髪は真っ白だがきわめて血色の良い顔色をした浅田は、快活に二人を迎えた。

「その節はお忙しい中、遠路はるばるお越しくださいましてありがとうございました。おかげさまで、無事納骨を済ませましたので御礼のご挨拶……」

「まあ、その辺で堅苦しいご挨拶はやめましょう。摩耶さんは田村さんのところにいるんだって？」

いきなり親しそうに話す浅田に戸惑いながらも摩耶は、

「はい。館長は一昨年、中央館に赴任されました」

と答えた。

「そうだってね、お葬式のときにずいぶん上席に座っているんで、どうしたんだろうと思っていたら、山口くんは僕の部下なんだと言うのでびっくりしました。良い偶然ですね」

「はい、公私ともに頼りにさせていただいております」

と笑みを浮かべた。

「そちらの方は……」

「フィアンセです」

摩耶は上手く言えたかしらと、ちょっぴり唾を飲み込んだ。

「なるほどそんな人がいるなら、周平がいくら頑張っても無理だよね。お葬式のときには横顔しかわからなかったけれどたいそう別嬪さんだ。無理もない。……うん、思い出した。あなた、お葬式では入り口のところに立っておられたと思ったが、……変なところにいたよね。てっきり警察の人かと思っていたけれど」

「さすがですね。よく観察していらっしゃる。私はこういうものです」

光司は自分の名刺を取り出して、両手で浅田に手渡した。

浅田は光司の名刺の肩書きに警察庁警視とあるのを見て、一瞬ぎょっとしたようだった。机の引き出しを開けて探していたようだったが、インターフォンで名刺を持って来るよう指示した。

「フィアンセのあなたが捜査をしたのですか」

浅田は念押しをした。

「いいえ、そのときはそれほど親しくはなかったのです」

摩耶は取り繕う。

「妙なことを伺ってもよろしいでしょうか」

と話題を変えた。

「いいですよ、なんでも……」

浅田は両手を広げて、どうぞとポーズをつくった。

「松岡さんは父を通じて私にプロポーズしたそうです。もうだいぶ前のことですが。でも父は一言も私に話さずに断ったそうですが、どうもそれが不可解で……」

「ああ、そのことですか」

浅田は苦笑しながら、

「それは私が断るよう先輩に頼んだのです」

摩耶と光司はあっけにとられて顔を見合わせた。

「先輩から電話があって、そのとき私が話したことですけれど、周平の家はちょっと複雑なんです。私の妹の子なんですけれど、その亭主というのがだらしなくて、次から次へと外に女をこさえて、彼の兄弟だって何人いるかしれやしない。その兄弟たちもタチが良いとはいえないんです。摩耶さんの心を射止めたならばそれでもいいのかもしれないけれど、どうもそうではないらしい。コンプレックスもあるからそんなプロポーズの仕方をしたのでしょうが、同情して結婚してもらっても、永くうまくは続きませんからね」

「はあ……」

と言ったきり摩耶は続きの言葉を失った。

「ところで、お二人がみえたのは山口先輩が仙台から福岡に、なぜ直接来たのかを知りたかったからではありませんか」

浅田は二人の心を見透かすように切り出した。

「はい、そうなんですけれども」

「周平から先輩の動きは聞いたんですけれども、私にも合点がいきません。私のところには連絡がありませんでした。伊藤さんの関係の方に会いに行かれたのかなと思いますが、その伊藤さんに私は心当たりがないのです。ただ、調べてみると伊藤さんは宗像市に勤めておられたようですね。もっぱら公民館の仕事をされていたようですが……」

浅田は宗像市のホームページのコピーを摩耶に渡した。

「宗像大社にはTさんという宮司さんがいます。お会いになってみますか」

「そうですね……」

と摩耶はあまり気の乗らない返事をし、

「浅田さん、熊倉さんという方はご存知でしょうか」

と話題を変えた。

「熊倉さんね……いいえ知りませんね。どういう方ですか」

「お葬式の参列者名簿の中にあったのです。四十九日の返礼をお送りしたのですが戻ってきてしまって。名簿では福岡の住所になっているので、もしかしたらご存知かと」

「そうですか……ちょっとわかりませんね……それは偽名でしょうね」

「順番からみると、だいぶ後《あと》の方にいらしたみたいですが」

「犯人探しですね。だいたいのことは田村さんから聞いていますが、あまり首を突っ込まない方がいいのではありませんか。警察庁が後ろに控えているとはいってもね。……そういえば、大塩さんのところの事務員に似ているような男が葬儀場にいたような気もしますね。どこかで会ったような気がするな……と、そのときは漠然と思っていたんですが」

「どういう方ですか。大塩さんという方は」

「九州の影の帝王って感じですかね。あまり表には出てこない人です。もう八十を優に超えていますが矍鑠《かくしゃく》としています。田村さんの話を聞いて思ったのですが、ダイヤの原石の行方を探しに福岡に来たと仮定して、なぜ先輩は命を狙われるようになったのでしょうね。どうもよくわからない」

（それは原石をダイヤに加工して……）

と言いかけた摩耶の肩を光司が抑えた。

「とんだ勘違いだったわね」

摩耶はいつもとは違う場所で朝食をとりながら、光司に話しかけた。父が最後に泊まったホテル。沈みがちな自分を明るくしようとする。

「浅田さんのこともとんだ誤解だったけれど、僕たちはもっと大きな誤解をしているのかもしれない」

光司の声の調子が少し変わっている。

「昨夜は遅くまで起きていたわね。なにを考えていたの」

「うん……浅田さんが言っていたことなんだ。僕たちにとって黒田さんがダイヤを加工したということは至極重要なことだけれど、犯人にとってはどんな意味があるのかな。山口さんを殺害するほど重要なんだろうか」

「父がダイヤを加工したのが黒田さんということを知って、犯人がなぜ困るかということね」

「そう。それに、もっと大きな勘違いをしているのかもしれない」

「勘違い……」

「僕は、僕の家族を殺した犯人と山口さんたちを殺害した犯人は、同じグループの人間だと思っていた」

「そうじゃないの？」

「僕の家族の場合は国王への便宜を図った者への報復だろう。それに引き換え、山口さんを襲ったのは国王の秘密を守ろうとした側の犯行だろう。利害が相反するように思うんだ」

「そこまで考えなかったけれど。それぞれが別の陣営で、両方とも背後に大きな組織があるのね」

「秘密を守ろうとした陣営と秘密を暴こうとした陣営。親父が秘密を暴こうとしたのか守ろうとしたのかはわからないけれど、普通に考えるなら、資金の調達をしていたのだから報復されたと考えるのが自然かな。日本の商社は国益に従って動くのだから」

「父は秘密を探りあてた。だから秘密を守ろうとした陣営に殺されたっていうことかしら」

「たぶん伊藤さんもそうだろう」

「黒田さんは？」

「黒田さんはダイヤをカットしただけで、事件の全体の流れは知らないのかもしれない。生きているか亡くなっているかわからないけれど、もし秘密を暴く陣営に拉致されたんなら、殺害するよりは、もっている情報を確認する方にメリットがあるはずだけれど」

「黒田さんは生きている可能性もあるっていうことね」

「山口さんの足取りなんだけれど、伊藤さんからの情報で九州に来てそれからどうしたのかな。お金を五万円おろしているし、なにに使ったんだろう」

「仙台で少し使っているし、たぶん宗像市に行こうとした、あるいは行ったからだと思うの。結構距離もあるし、時間の短縮を考えればタクシーだし」

「あと東京までは、チケットを現金払いしたとしか考えられないね」

「父の性格から考えると、駅の窓口で買ったのならちょっと不自然なんだけれど。とりあえず宗像に行くしかないわね」

「僕は、伊藤さんの就職先がなんで公民館だったかがわからないんだけれど」

「へえ、光司さんでも知らないことあるんですね。安心した」

「えっ、摩耶さんわかるの?」

「公民館ってもともとは後藤新平を記念するものだったんです」

と摩耶は得意になって光司に説明する。こんなことはめったにないだろうなと思いながら。

公民館という名称をもった施設が初めて登場したのは、昭和一六(一九四一)年設立の岩手県水沢市の水沢市公民館である。水沢市公民館は、当初、後藤新平記念公民館と呼ばれ、後藤新平の恩義に報いようと、正力松太郎が後藤の郷里に記念施設を建設しようと計画したものだった。設立案では「記念公会堂」と申請されていた。しかし公会堂の建築条件に合わず、建築許可事務を取り扱う商工省総務局長椎名悦三郎が「公民館」という名前を付けて、無理やり通したのがその始まりである。戦後はいち早く社会教育施設として位置づけられ、「公民館」は図書館よりも早く整備が行われた。

「さすが図書館司書ですね。そうか、公民館は満鉄調査部につながっているのか……」

宗像大社

福岡県宗像市は宗像大社《むなかた》に由来する。宗像大社は日本各地に七千余ある宗像神社、厳島神社、および宗像三女神を祀る神社の総本社。古代より伊勢神宮、出雲大社と並ぶ格式をもち、道の神として道主貴《みちぬしのむち》と称される。裏伊勢ともいう。万葉の時代、宗形徳善は娘を大海人皇子の後宮に入れ、その子高市皇子は壬申の乱で大活躍。天武政権の立役者として太政大臣に任ぜられる。その子が長屋王である。

大社は何度も火災に見舞われたが、そのたびごとに時の有力者の寄進を受け再建された。

宗像大社は、博多から鹿児島本線で約三十分の東郷駅からバスに乗る。東郷駅大社口の階段を下りると、前にはバスターミナルとはいいがたいような小さな広場がある。駅構内には宗像大社の案内が大きく出ているが、まったくの田舎の風景だ。時刻表どおりに来るのかと疑ってみたくなるが、バスは時刻に違わずやってきた。

バスは釣川という小さな川に沿った道を渡ったり戻ったりしながら進んでいく。宗像大社前でバスを降りると、目の前は森のようになっている。停車場を間違えたかと思いきや、バスの進行方向に進むと大きな駐車場が見えてきた。

鳥居の向こうに心字池。太鼓橋を渡って神門をくぐると、美しいスカイブルーの袴をはいた若い神官を女子高校生が取り囲んでいる。どんな話をしているのだろうと摩耶たちがそばに近づくと、さっと散ってしまった。

拝殿で参拝を済ませ、古い鳥居をくぐり急坂を高宮祭場に登る。宗像三女神の降臨地と伝えられているところだ。わが国の祈りの原形を今に伝えている古代祭場だという。単に四方がひもで囲われているだけで、なにか寂しげではかない遺跡である。

祭場遺跡の前で摩耶は、

「人間って何かにすがってしか生きていけないのかしら」

とポツリと言った。

「突然になにを言い出すの」

光司が心配そうに摩耶の顔を覗き込んだ。

「スペインのこと、話していなかったわよね」

「うん、断片的にしか聞いていない」

「事件の始まりなのだけれど、マドリッドの郊外にあるエスコリアル宮殿に行ったとき……そこで支倉常長の子孫という人に会ったの……」

摩耶はエスコリアル駅でのファセクラ老人の奇行を話した。それはほんの数分だったが、摩耶は数時間、光司に話をしているような気分だった。

「支倉が残してきた部下や縁者の子孫が今でもスペインにいるという話は新聞でも読んだことがあるけど、そんな悲惨な物語がついていたんだ」

「私も支倉につながっているから父にその話をしたんだけれど、父はそのために死んでしまったのかもしれない」

「摩耶、それは間違いだと思うよ。そのファセクラ老人について、お父さんは摩耶以上にインパクトが強かったんだと思う。不幸にしていろいろな知識をもちすぎていたんだよ」

「それはそうだけど」

摩耶はなかなか割り切れない。

「さてと、宗像大社が本命というわけではないんだよね。公民館なんだけれどここにはいくつもあるし、伊藤さんのお父さんが勤めていたのは四半世紀も前だからたいした情報があるとは思えない。宮司のTさんに会ってみようか」

「なんとなく気が進まないのだけれど……。父はここで命を狙われるようなことになったのではないの？」

「そう。山口さんは秘密が解けて、何かをしたんだろう。そして警戒された」

「あの慎重な人が、身の危険を察知できなかったことが不思議なんだけれど」

「ある程度感じても、まさか命を狙われるとまでは思っていなかったんだろう」

「宮司には会わずに、食事をしましょうか」

と摩耶は、駐車場の向こうに並んでいる土産物屋兼食堂を指差した。

「その前に、記念館に行ってみませんか。大社に寄贈された芸術品が展示されているそうだ。品物はともかく、どんな人が寄贈しているかを見るのも面白いと思うよ」

光司は境内の隅に立っている記念館を指差した。

「フーン、警察官らしい発想ね」

「司書らしい発想だと食堂なんだ」

「いいえ、女子らしい発想です」

記念館の入場料は無料だった。ここには名だたる画家、彫刻家、工芸家などの作品が陳列されている。作者本人からの寄贈もあれば、寄贈者が作者に注文して製作された展示品もある。

テーマをもって展示されているわけではないのでバラバラ感は否めないが、それでも一品一品は高価で貴重なものには違いない。日本画、油絵、書道と進んでいき、工芸作品のエリアまで来たとき、二人は「あっ」と声を立ててしまった。

それは、ダイヤで作られた勾玉だった。

制作・黒田彰男　寄贈者・匿名

とある。

「つながったね。山口さんはこれを見たのだろう」

本当にダブル結婚式をするなら少しは打ち合わせをしておかなければ、との容子からの電話で、摩耶は光司と初めてデートをしたヒルズのイタリアレストランに誘った。

「ふーん。ここで摩耶、口説かれたんだ」

と容子は窓からの夜景を楽しんでいる。

「ところで摩耶の方は何人くらいになるの」

二人は結婚式に呼ぶ人数を相談した。むろん、摩耶はまだ招待状すらつくっていない。時間はどんどん過ぎていく。

「まだ、らしいわね。……ところで福岡の方はどうだったの」

容子の本当の目的はこっちだったのかな、と摩耶は思いながら、あらましを話した。

「ふーん……宗像大社って名前だけは知っていたけれどね……」

「そう。伊勢、出雲と並ぶほどすごいって、私も知らなかった」

「……ということは松岡さんっていったっけ、あのメガネ男は犯人一味ではなかったわけね。

父上は、大社の記念館で黒田さんの存在を知った。つまり魔法の石がどのように使われたかということを確信したということね」

「でもそう考えると、父は黒田さんに会いに行っているはずだけれど、会いには行っていないのよね」

「偽の父上が本物の父上だったりして」

「それは無理ね。父は夕方まで福岡にいるはずだし、その後どんなに早く名古屋に行っても、偽物の父に黒田さんが会った時間には間に合わないから」

黒田は偽の名刺を持った父に会ったのちすぐに、伊藤を訪ねると言って出かけている。

「福岡から東京に戻って来たルートもわからないのよね」

「そうなんだけれど、航空券とかJRとかの切符はクレジットカードで買う人だったけれど…

…もしかして」

「バスで帰って来たということ」

「それはないわね」

「だったら」

「父、……鉄オクンだったのよ」

「鉄オって……鉄道マニアっていうこと?」

「そう……その線があるっていうこと」

「でも、福岡発の寝台特急ってもうないんじゃない」

と言いながらスマホをいじくっていた容子は、

「これかな……」

と画面を摩耶に見せた。

　博多二十一時八分発　ＪＲ新幹線みずほ六一〇号　新大阪行→姫路二十三時八分着
　姫路二十三時三十五分発　ＪＲ寝台特急サンライズ瀬戸　東京行→東京七時八分着

「たぶん、そうなんじゃないかなと思う」

「ということはどういうこと？　そんなチケット簡単に買えるのかな」

「どこかのチケットショップで偶然見つけたのではないかしら」

「なるほど……とすると、父上の足取りはだいたいわかったってことかな」

「ひとつ気になることがあるのよね」

「……？」

「光司さんの話だと私は誰かに見張られているはず。だから例の空き巣事件があったとき、三日間誰とも接触をしないようにすればいい、そのとき接触してきた人の中に犯人がいるはずだって言っていたんだけれど」

「それで」

「松岡さんしかなかったから」

「それで私の電話まで出なかったんだ。バッカみたい」

「なによ」

容子の意外な反応に摩耶は少し気色ばんだ。

「だって、摩耶のこと見張ろうって思ったら簡単だよね。摩耶、毎日カウンターに出ているんでしょ。二日続けてカウンターに出なかったら何処かに行ったと思うんじゃないの」

摩耶は頭の中をフル回転させた。そういえば三日ぶりに図書館に出勤したとき、受けた覚えのないレファレンスの回答を催促するメモがパソコンに貼ってあった。

「摩耶これからどうするの。捜査続けるの？」

「そうね、どうするんだろ。この事件、私が運んできたようなものだしね……」

エル・グレコの魔法の石が青柳文庫に伝わり、その石がダイヤの原石だとわかり、ダイヤにカットされたことまで推定できたが、なぜそれが父の死因につながったのか。肝心なところがわからない。しかしこれ以上なにがわかるのだろうか、という思いに摩耶はとらわれてしまっていた。案じられるのは黒田彰男の消息である。

「でもさ……黒田さんが原石を加工してダイヤにしたのなら、いったいいくらの価値になるんだろう。前にテレビで見たとき、四百グラムで二十億くらいって言っていた」

「それよりは高いと思う」

「それで二人が殺されているのか」

「私はダイヤの価値が高いということよりは、なにか想像もできないことに使われて、それが事件を引き起こしたように思うんだけれど」

「容子が結婚式に何人くらい呼ぶのかって言っていたけど」

「そうだね、僕の方の親戚は……いとこ夫婦がジャカルタにいるから来てもらって、警察関係はゼロ、大学のときの友達が五、六人というところかな」

「そんなにいるの」

「多いかな、声かけたらもっと増えると思うけれど。摩耶の方はどうなの」

「私の方は叔父さん夫婦くらいしか来れないと思うけれど、大学のときの友達はもう子育て中だし。都内ならともかく」

「バリでの結婚式って日本のみたいに型にはまったものではないよね。適当にバリの人に参加してもらえばいいんだ。そういうのうまくするのが一人いるから大丈夫だよ」

「あんまり派手にすると、容子の結婚式が軒下貸して母屋とられるみたいにならないかしら」

「だったら、摩耶と僕、五人ずつということでどう?」

摩耶は五人も集まるかしら……と思うが、とりあえず叔父に都合を聞かなければと電話をする。

「摩耶さん、ちょうど私の方も電話をしようと思っていたところだったんだ。なにかな、先に言って」

摩耶はバリで光司と結婚式をすることになったので、バリまで来てくれるかどうかを確かめた。

「そう、それはよかった。安心したよ。バリか、久しぶりだな。楽しみにしているよ。でもずいぶん急ピッチだね」

叔父の返事で少し摩耶は安心する。少なくとも二人は確保できた。

「博さんはいつになったの?」

「博はだいぶ先になるみたい。先方のお母さんの体調が悪いらしくって」

「そうなの。大変ね」

「それで自由が丘の家のことなんだけれど……」

叔父は、引き渡しは先でも良いが仮契約をとりあえずさせてほしい、家屋は立て直すことになるだろうけど一度家屋を見せてもらえないだろうかと相手方が言っているがどうだろう、良ければ話を進めるが、と話した。

摩耶は、

「先に進めてください。家の中を見たいのなら、叔父さんに預けてある鍵を使ってください」と伝えた。

一週間後、摩耶は渋谷駅近くの大手不動産会社で仮契約を行った。買主は法人のようだが立ち会わず、弁護士の代理で行われた。契約書はすでに作成されていて、買主の印鑑はすでに押されていた。不動産屋から型どおりの説明がされ、ほんの一時間ほどであっけなく済んでしまった。

不動産屋からともに出て、「お茶でも」と駅のロータリー前まで来たとき、携帯が鳴った。

「もしもし山口さん」

聞き覚えのある声である。

「大槻先生、その節はありがとうございました。先生、よくこの電話おわかりになりましたね」

「あなたからいただいた電話で番号が記憶されていました。ところで電話したのは……伊藤から妙な手紙があったんだよ」

「伊藤さんって、父の幼なじみのですか?」

摩耶が返事をしながら叔父の表情をうかがうと、叔父は目をきょとんとさせている。

「ああ、そうなんだよ」

「伊藤さんはお亡くなりになったと聞いていますが」

「そうらしいね……手紙が医院あてになっていたんだ。たぶん昔の住所をなにかで調べたんだね。僕は医院をたたんでマンションに建て替えて、家は奥に引っ込んでしまったから、住所も違うようになってしまった。電話はそのままだったけどね。手紙の裏には、伊藤は自分の名前しか書いてなかったからあて先不明になっていた。あて先不明の手紙は何回か点検があるみたいだね。たまたまその点検をしたのが昔の患者さんだったんで、わが家に届けられたというわけなんだ」

「まあ……そんなことがあるんですね」

「それでね、内容はあの魔法の石についてなんだ」

という大槻の言葉に、摩耶はがぜん緊張した。


摩耶は大槻にファックスで光司の部屋あてに送ってもらうよう依頼し、叔父には中座を謝って帰路を急いだ。途中、少しお金を下ろそうと銀行カードを使うと、残高には桁を見間違うような数字が表れた。一瞬、摩耶は他人のカードと間違えたのかとカードを取り出して名前を確認したが、手付金がすぐに振り込まれることを思い出し、深呼吸をして冷静になるよう自分に言い聞かせた。

手紙

封筒には、
仙台市青葉区〇〇町××番地
　大槻医院方
山口仲道 様
と書かれ、裏に、
大槻善暢 様
　先日山口君と偶然再会した。その前日、貴君と会ったと言っていたので住所をご存知と思う。お手数ながら転送をお願いしたい。いずれまた、貴君を訪ねるので委細はそのときに。よろしく。
と記されている。

おそらく開封されているのは、郵便局が返送の手がかりがないか、中を改めたためであろう。そのための開封印鑑が押されている。便箋は父に宛てたものだった。

冠省、先日は思いがけない再会で驚愕した。貴君の細君の墓所と父の墓所がかくも至近の場所にあるとはなんたる奇遇であろうか。

君も知ってのとおり、父は終戦後長くロシアに抑留されていた。帰国したのは、私が十一歳の時だった。職を求めて仙台内の知人を訪ねたがなかなか恵まれず、満鉄調査部に籍を置いていたことが就職をむずかしくした。さらに父の場合、ロシア内で対北朝鮮支援工作をしていたことも災いしたようだ。

ようやく満鉄調査部時代の同僚を頼って九州に職場が見つかり、わが家といっても三人だけだが、福岡近郊の宗像市に移住した。九州に移住して三年ほど経ったとき、母が重病に侵された。私を養うための、長年の苦労がたたったのだろう。お尋ねの「魔法の石」を父が金に換えたのはこの頃だと思う。君の問いに率直に答えられず、石の行方についてはまったく知らないと答えたのは母の幻影に惑わされたからだ。申し訳ない。

君には宗像大社の宮司と親しかったと話したが、宮司は当時でもご高齢であったので他界されているのではないだろうか。君と別れた後、当時を思い返してみると大塩という人を思い出した。ひょっとすると彼は知っているかもしれないと思い、古い手帳を探して電話をしてみた。高齢でどうだろうかと案じたが、ご存命のようだ。あいにくご不在だったので、君のことを話して君が訪ねていくかもしれない、と秘書の方に伝言を残しておいた。

一昨日、黒田彰男氏の訪問を受けた。彼は自分がかつて研磨したダイヤの原石がもとは仙台藩の青柳文庫に伝わった石だと君から聞かされたと言っていた。それは事実なのかと聞きに来た。僕が事実だと答えると彼はしばらく黙っていたが、なにかを納得したようだった。

君も話していたように、あの「魔法の石」は何かとんでもないことに使われたのかもしれない。しかし私には推理の手立てがない。父のしたことに無関心ではいられないが、自分にはどうにもならない。黒田氏の訪問を受けなければ、君に手紙を書くことはなかっただろうが。もし真相がわかったら教えてほしい。

伊藤友厚

×月×日
山口仲道 様

「想像していたことと大きな違いはないけど、この手紙だと黒田さんはお父さんが亡くなった日に伊藤さんを訪ねているんだね」

父をお父さんと呼んだ光司は、日付を確かめた。摩耶は不思議な感じでそれを聞いていた。

「大塩さんの名前が出ているけど」

「そうだね、福岡から帰った日に、福岡県警に大塩さんへの事情聴取をしてもらったんだが、山口さんという人は知らない、宗像市に勤めていた伊藤さんは自分が就職の紹介をしたのに間違いはないがずいぶんと前のことだし、その後まったく音信はない、という返事だったらしい」

「シラを切っているということ?」

「まあ、正直に話す人はいないでしょう。伊藤さんの手紙に名前が出てきた以上、大塩さん自身はともかく、大塩さんのまわりになにかがあることは間違いがなさそうだ。でも追い詰める証拠となると……」

「この手紙では手立てにならないの?」

「知らないと言われればそれまでだと思う。それより黒田さんは偽のお父さんから青柳文庫の原石のことを聞いているんだね。なにか変な感じがする」

「どう変なの？」

「だって原石の由来について、その時点ではお父さんと伊藤さん、それに大槻さんしか知らないはずだよね。それを偽物さんがどうして知っていたんだろう」

「お父さんやっぱり名古屋に行ったのかしら」

「どうやって名古屋に行けるんだろう。ドラえもんのどこでもドアしかないかもしれない」

「へえ、光司さん、ドラえもん好きなの？」

「当たり前じゃない。あんなに夢のある漫画って、そうあるものじゃない」


結婚式には結婚指輪。その前に婚約指輪を買わなければならないと、明くる日の夕刻に二人は連れ立って三階のジュエリー店に足を運んだ。

「まあ、お相手は大迫さんでしたの」

女主人は大仰に声を上げた。

「アハハハ……よろしく頼みます」

と光司は照れながら答える。

「大迫さんは結婚なさらない方だと思っていましたけれど、この方だったら仕方がないですね。

先日、ご来店いただきましたときに、お相手はどんな方かと思っておりましたが、なんと……」

とおしゃべり好きの女主人が続けるのを、

「まあ、それくらいにしておいてください。この前、気に入ったものがあったと言っていたよね」

と、摩耶に振った。

「そうです。このお品をおすすめしたのですが」

と女主人はショーケースから指輪を取り出したが、

「麻耶さんとおっしゃるんですか……そうそう、あのとき黒田彰男さんのことをお聞きになりましたよね。お父様のお知り合いだとか」

いきなり黒田の名前が出てきたので二人は顔を見合わせた。

「偶然ですね……昨日、黒田さんがつくられた素敵なネックレスが手に入ったんですよ。ご覧になりません?」

と言って女主人は奥の部屋からダイヤのネックレスを持ち出してきた。摩耶の首にかけて、

「やっぱりよくお似合いです。このくらいのお品物ですと相当に気品のある方がお召しにならないと、ダイヤがゴミ屑になってしまいますしね」

「ダイヤモンドがゴミ屑になるって……なにか変よね」

摩耶が笑いながら光司に話すと、女主人は真面目な顔をして、

「そうでしょうか。皆様、ダイヤモンドは硬くて永久のものだと思われているのですが」

「そうではないんですか」

と、摩耶。

「ダイヤモンドは熱に弱いんです……炭素の塊ですから」

「そうか……」

光司が指を鳴らした。

二人は結婚指輪の寸法を測ってもらい、婚約指輪の精算を済ませる。光司が先に店を出ようとするのを制して摩耶は、

「先ほどの黒田さんのネックレスですが」

「お買い上げいただけますか」

と女主人が笑みを浮かべると、

「一応、とっておいてください」

と光司が横から口を出した。

摩耶はキッと光司を睨んで振り向くと、

「あのネックレスは、黒田さんが最近作られたものなのですか」

と聞く。

「はい、そのようです。黒田さんはどこかにこもられていて、制作三昧の生活をされているようです。なんでも、自分もいつあの世に行くかもしれないので、できる限り多くの作品を作っておくのだと……おかげさまで私どもも潤っております」

「どこかにこもるって……。いらっしゃる場所はわからないのですか」

「そうなんです。口の悪い者は、本当に黒田さんが作っているかどうかはわからないと申しますが、出てくる作品はそれはもう超一級品ですから」

と言って黒田のダイヤモンドだと太鼓判を押した。

部屋に帰るとさっそく、

「すごい情報だったわね、黒田さんが生きているなんて」

と摩耶。

「いや、それより青柳文庫の秘宝の意味がわかった方が重要だ」

「どういうこと」

光司はスクラップを取り出して、

「これだよ」

と国王が脱出する際、飛行機が炎上した記事を指差した。

「国王の象徴のダイヤがこのとき溶けてしまったのだろう。国王は旧王朝から王権を禅譲されるときに、統括者の権威を表すものとして受領しているはずなんだ」

「だから黒田さんに偽物を作らせたのね」

「証拠はないんだけれど……黒田氏が出てくれれば別だが」

「どこかにこもっているって……どういうことかしら」

「本当の話かな…… 一応調べてもらおう」

と光司は職場に電話をした。

革命

翌朝、摩耶の枕元で電話が激しく鳴った。時計を見ると五時前である。

「摩耶さん、テレビを見て……N国で革命が起こった」

「N国って、あのN国?」

「そう、事件の発端の国だよ」

テレビニュースは次から次へとN国で起こった騒動を伝えている。首都の中央広場に国民を威圧するように頭身の何倍もの大きさで聳《そび》えていた銅像がクレーンで壊され、王宮にはダンプカーが突入する。本来元首を守るはずの軍隊までもが、静観するというよりは民衆側に味方している。国王はヘリコプターで脱出をはかるがプロペラの羽は撃ち落とされ、国王夫妻は無残な姿となって映し出されている。遺体を足蹴にする者がいたが、さすがに仲間に止められていた。

その日の朝一の仕事はカウンター業務である。朝早く起こされ、起き抜けにショッキングな映像を見た摩耶は、呆然として席に座っていた。

父の巻き込まれた事件のあらましはだいたいわかった。しかし、父はなぜあの現場に行ったのだろうか。家にいったん帰って、それから出かけてもよさそうなものだ。ふと摩耶は、自分があの現場に行ったときのことを思い出した。あのときは光司の転勤を知らずに目白署に行って、ポッカリと空いた時間に現場に出かけた。父もそんなような状況だったのだろうか……。

よそ目には焦点の合わない目をしている摩耶の前に、

「やっと会えました」

と白髪の利用者が座った。かけられた言葉が意外なものだったので摩耶は思わず、

「前にご利用いただいたことがありましたか」

と見覚えのない客に戸惑いながら返した。

「いや初めてです、お目にかかるのは……。黒田といいます」

と男は摩耶の顔を正面から見据えて話した。

「黒田様……ですか」

「そう……ダイヤモンドの黒田です」

事態を承知した摩耶が、大変申し訳ないが、ここではゆっくり話ができないので、夜八時に六本木ヒルズのレストランに来ていただけないか、そのときゆっくりお話を伺いたい、と申し出ると、黒田は「ゴモッヨモ」と引き上げていく。カウンター時間が終わるなり、摩耶は急い

で光司に電話をするが、電源が切られているようだ。

「八時いつものレストランで」

とショートメールで連絡した。


レストランの入り口で摩耶の顔を認めると、光司はつかつかとやってきた。

「黒田さんは生きているらしいよ」

と摩耶の前に座る人には気づかない様子だ。

「そうよ……この方が黒田さんよ」

と摩耶。一瞬たじろいだ光司はそれでも悪びれるところはなく、

「どうも失礼しました」

と黒田に、

「どうして」

と摩耶に。

「今日、図書館に訪ねてこられたのよ」

「そう……なにか食事をとりましょう」

という光司に黒田は、

「いや、私は済ませてきたから、お二人はどうぞご自由に」

結局三人はソフトドリンクとサンドイッチを注文する。

「黒田さんは、N国王のダイヤモンドをカットされたんですか」

と摩耶は単刀直入に話の発端を誘う。黒田も淡々と次のように話した。


一連の事件はN国の革命に端を発している。国王は第三国に亡命を図った。途中、革命軍の攻撃によって飛行機は墜落してしまうが、国王は奇跡的に生還した。国王の逃亡資金を提供した日本の商社はその見返りとして、国王の所蔵していた宝物を手に入れる。その宝物の行方と資金の流れを知っていた人間は、何者かによって抹殺された。三年後、N国では反革命が起こり、国王は帰国した。しかし、国王はその象徴ともいうべきダイヤモンドがあしらわれた勲章を飛行機事故によって失っていたため、王権の正当性が問われるまでに追い込まれてしまった。国王はそのダイヤモンドを商社に預けたと言い、水掛け論になった。このままでは商社は悪者にされるだけだと観念し、勲章の偽物を作ることを決意する。勲章の未公開の写真は多数残ってはいたが、カットする職人と原石が必要だし、並みの原石では偽物は作れない。この職人に選抜されたのが自分であった。

初め、この仕事には気が乗らなかった。いまいましい。口外できない仕事であるし、人の争いに巻き込まれるのは御免だった。しかし、原石を見せられた途端、自分の心は揺らいでしまった。こんな原石には一生のうちに二度とお目にかかれないだろう、という思いが強かった。

山口氏

「黒田さんは、父にお会いになられたんでしょうか」

「ええ、会いましたよ」

　摩耶は黙って父の写真を黒田に見せた。

「この方が山口さんですか……この人には会ってないですね。私が会った人は唇がもっとごつくって、眉毛も太かったですね」

「山口さんが目白で交通事故にあったのはご存じでしたか?」

「ああ、でもそれを知ったのはつい最近だね」

「父がなぜ目白に行ったのか、私にはわからないのです」

　これが摩耶にとって最大の疑問だった。

　黒田の長い沈黙が続いた。目が上下に揺れ、時々深呼吸をする。

「もしかすると……と思うことがあるな。あのときの二人……電話の主と訪ねてきた御仁は別人かもしれない」

　黒田の話は次のように続く。

あの日、昼過ぎに山口と名乗る人から電話がかかってきた。昔のことだが、大きくて真っ黒な丸いダイヤモンドの原石をカットしたことはないか、と聞いてきた。それが例の石だとすぐにピンときたが、とりあえずはとぼけた。真っ黒でまん丸の原石など世界に二つとない代物だからだ。山口氏は、その石は昔、仙台藩の青柳文庫という図書館に保存されていたものだという。詳しい話を会ってしたい、と言うから、翌日、早稲田で会おうということになった。

ところが一時間くらい経ったとき、その山口氏が訪ねてきた。翌日会うと約束したのにせっかちな人だなと思ったが、追い返すわけにもいかず話を聞いているうちに、二人でこれから仙台の伊藤さんのところに行こうということになってしまった。

しかし、東京駅まで来たときに山口氏に電話が入り、急用ができたので一列車遅れて行くという。伊藤氏は仙台駅まで来てくれた。伊藤氏は原石がどのように流れたのか詳しいことは知らなかったが、原石の大きさや色、持ったときの感覚など、すべて私の記憶と一致していた。

そのとき、なぜ今になって青柳文庫の原石が話題になるのかわからないと話すと、山口さんの娘さん、つまりあなたのスペインでの事件の話を聞かされた。自分が会った山口氏からはまったく娘さんの話が出なかったので、奇妙だな……とそのときは思った。

三・一一で被災した友人の安否を訪ねて仙台に泊まり、その後山口氏が訪ねてきたかを確かめようと伊藤氏に連絡をとったが電話にでない。二、三日経ってから老人ホームに電話をしたところ、事故にあって亡くなられたと聞いた。伊藤氏は謀殺されたと直感した。家族に、自分が行方不明だと警察に届けるよう連絡して、身を潜めた。

「そうすると、初めに本物の山口さんから電話があって、その後に偽物の山口さんが訪ねてきたということですか」

光司は刑事らしい整理をした。

「そうなりますな……」

「なるほど……そうか……なんの矛盾もありませんね、そう考えると」

光司は悔しそうに唇を噛んだ。

「摩耶さんと呼んでよろしいかな」

「はい」

「手持ち無沙汰でさっき三階の店に寄ってきたのだが」

「素晴らしい作品を拝見いたしました」

「お二人は近々結婚されるそうじゃな」

「はい。来月、バリで式を挙げるつもりでおります」

「どうだろう、あの首飾り、あなたの結婚祝いに受けてもらえないだろうか」

「いいえ、そんな高価なものをいただく理由はございません」

「いや、私がもうすこし注意しておれば、あなたのお父さんは死なずにすんだんだ。それに、宝石というものは得てして権力とか権威に結びついてしまうものなんだが、本当はつける人によって輝きは増しもするし鈍くもなる。マダムも言っていたんだが、摩耶さんがつけるとダイヤが一層輝きを増すと。……自分を磨いている人につけてもらう。職人にとってこれほどの果報はないんだ」

「……」

「エル・グレコがどれほどのものを作ったかは知らんが、そこから始まった事件でもあるしな」

「それだったら、スペインにお持ちした方が……」

「それはいま別に作っておる。十字架のものを、な。それでなければファセクラ老人は本物とは思うまい……」

「私にはわからないことがあるのですが……」

唐突に摩耶は話題を変えた。

「なんだろう、わからないことって」

「エル・グレコは、どうして魔法の石と首飾りを支倉に渡したのでしょうか」

「そうだね、決め手はないんだが……ダイヤとともに暮らしてきたから、なんとなくわかるような気がする」

摩耶は黒田の「ダイヤとともに暮らしてきた」という言葉にひかれた。

「ダイヤはポルトガル船が行き来する前は、ユダヤの独壇場だったんだ。カソリックと新教の対立があって、担い手はオランダに動いていくのだけれど。エル・グレコは旧教の戒律に一生悩まされた。たぶん自分の持つダイヤの原石も、息子には残せない。そうしたとき、遠い国からやって来た、あの凛々しい少年たちがグレコの目に鮮烈に映ったんだと思う。何度も言うが、宝石は、特にダイヤはつけている人によって、野暮ったくなったり神霊の光を発したりするものなんだ」

「……」

「ところで、言うか言うまいか迷っていたが、……近々摩耶さんに大きなプレゼントがあるはずだ」

「なんでしょうか……プレゼントって」

「それは私の口からは言いにくい。プレゼントというか……贖罪かな」

摩耶は黒川がなにを指して言っているのか、想像もできなかった。

「さてと、これで私は失敬するよ」

という言葉を残して黒川は席を立った。

ボーっとしている摩耶を光司は促して、二人は店の出口まで見送った。


結婚式が近づいてきた。容子が言ったとおり、その準備はTホテルに行って打ち合わせをするだけで済んでしまった。一方、家の引き渡しは急がなくてはならないはずである。しかし仮契約以降、まったく音沙汰がない。不動産屋に確かめた方が良いのかと思いながら叔父に電話をする。

「そうだね、まったく連絡がないっていうのも変だよね……私の方から連絡してみよう」

と気軽に応じてくれたが、その叔父からも何の音沙汰もなかった。

明くる日は昼からの出勤だった。六本木ヒルズから裏道を通って幾つかの大使館を横目で見ながら図書館の前の病院まで来ると、館長が図書館から出てきた。

「これからお昼ですか」

摩耶が声をかける。

「うん……今日は珍しくカミさんが一緒にお昼をしようというので街まで行く」

「奥様とご一緒にお昼ですか……」

と羨ましそうに摩耶が言うと、

「そうだった……山口さんはバリで結婚式だそうだね」

と館長が返す。

「えっ……どうしてですか。館長がご存知なのは……。図書館ではまだ誰にも話していないのに」

「ああ、そうだった。情報源はカミさんなんだよ」

「どうして奥様がご存知なんでしょう。会ったこともないのに」

「うーん……思わぬところでバレてしまったな……君たちが指輪を注文した店の主人がカミさ

んなんだ。君たちが結婚する頃にちょうど国際学会がバリであってね。カミさんを久しぶりにどうかなって誘ったんだ。滅多に一緒に行ってはくれない人なんだが、今回ばかりは風向きが変わって。どういうわけって聞いたら、お店のお客さんが今度バリで結婚式をするんでぜひ行ってみたい。『エル・グレコの首飾り』と名づけられた首飾りを、その花嫁がつけるはずなんだと言うんだ。もしやと思って確認したら君たちだとわかったわけ」

「あのマダムが館長の奥様ですか……」

「はいはい……」

「どおりで。館長がどうしてあんなにダイヤモンドに詳しいのかと、不思議に思ってました」

「さすが。……あのときから気がついていたわけね。ともかく結婚式には二人で押しかけるからよろしくね」

と言って、館長はいそいそと六本木ヒルズに向かって行った。

その夜、館長とマダムの関係を光司に話すと、

「へえ、マダムは思わぬところで僕たちの身近な存在だったんだね。でなかったら僕たちも新しいエル・グレコの首飾りに出会うことはなかったというわけか」

「黒田さんはいつ命名したのかしら」

「それはマダムから君によく似合うという話を聞いたときだと思うよ。さてこっちも意味深の話だけれど」

と光司の声が少し暗くなった。

「なに？」

「大塩氏が死んだそうだ。死因は心不全」

「革命が起こったことと関係があるのかしら」

「さあね。年が年だから死因が心不全というのはありうる話だけれど、自殺であっても、遺族から頼まれれば医者は心不全と書く場合もあるからね」

光司は刑事の経験則を付け加えた。


バリに向かうその日、空港で出発を待っていると叔父から電話が入った。

「僕たちは明日発つけど、例の不動産屋から電話があってね」

「叔父さん、それって日本に帰ってからでもいいですか」

「すぐにしなければならないっていうことではないんだが……」

歯切れの悪い叔父の口調に、

「なにか不都合なことでも……」

摩耶は不安げに聞く。

「不動産屋が言うには例の契約は白紙にしてほしいということなんだ」

「白紙って、契約をしないということですか」

「そうらしい」

「だったら仮契約のときに払っていただいたお金を返さなくてはいけませんね。使わなくてよかった」

「返す必要はないよ。手付金ということになっているから、額は大きくても返さなくていい」

摩耶がなにが起こったのかよくわからないでいると、

「不動産屋は、どうもこの取引は初めから不自然だったと言うんだ。あの物件の相続税はいくらになるのか、その相続税分を相場に加えた額を購入額にしたいなどと言って、変だったらしい。初めから買う気はなかったんじゃないか、みたいなことを言っていた」

「初めから手付金をプレゼントしようと考えていた、みたいな口ぶりですね」

「そういうことになるね……何としても不可解な相手だよ」

「はい」

摩耶は、これが黒田が話した贈り物だと直感した。

「摩耶さんの花嫁姿、楽しみにしているよ」

「はい、ありがとうございます」

と即座に応えた摩耶だったが、バリ行きは、自分のウエディングドレス姿よりも、大好きなマンゴスチンの味に誘われているように感じていた。

あとがき

本書は図書館関連著作の第二弾である。前作『孝謙女帝の遺言』が古代の図書館を外側から見たのに対し、本作はヒロインを通して図書館を内側から著述しようと試みた。スペインのエスコリアル図書館、江戸時代の青柳文庫（図書館）、昭和の満鉄調査部、宗像大社の参考館が縦につらなり、それぞれが事件の盛り上がりや解決のカギになるよう構成した。

主人公の摩耶は図書館界ではごく一般的な女性司書である。一応、物語上才色兼備ということにはしているが。私がこの世界でお世話になった三十年間の上司同僚たちを組み合わせ組み立てたキャラクターである。物語中に出てくる彼女の愚痴や利用者とのやりとり、同僚たちとの会話、専門職と事務職の思考回路の温度差など、言わずもがな（書かずもがな）のところもあるが筆が滑っている。

友人の容子と連れ立って、ヒロインはスペインに旅行する。その日、一人でエスコリアル図書館に出かけた摩耶は、およそ四百年前にこの地を訪れた支倉常長の子孫と名乗る老爺の家族から支倉がエル・グレコの宝物を日本に持ち帰った、と聞かされる。

帰国して摩耶が父にその話をすると、支倉に関心の深い父は、なにかしら合点がいったらしく、明くる日から行先も告げずに旅に出てしまう。そして旅の途中、ひき逃げにあって帰らぬ人となってしまった。

父のダイイングメッセージの「アオ」を手がかりにして、摩耶は父のたどった旅行先を訪れる。場面は目白、仙台、福岡、宗像、名古屋と飛び、それぞれが図書館・博物館・公民館を鍵にして物語が進行する。そして、それら縦糸に対してダイヤモンドの不思議性が横糸でからまりながら、背後にある大事件に結びついていく、というストーリーである。

わが国で初めての公共図書館、青柳文庫の創始者・青柳文蔵は目白不動境内に眠っている。私事ながら物語中に出てくる廃校になった高田中学はわが母校であり、よく遊んだ界隈である。時が経てばその名も社会の記憶から失われるはずであるが、愛着のある名を遺すべくささやかな抵抗を試みた。

数年前、『図書・図書館史』の編集途中に、日本で最初の専門図書館である「満鉄調査部」

についての記述ができていないと高山正也先生（慶應義塾大学名誉教授）からおしかりを受けた。

専門図書館協議会の鈴木良雄事務局長から資料をお借りして読み込んだデータの蓄積が本書につながっている。両氏にはあらためて謝意を表したい。また本書の執筆にあたり、さまざまなサジェスチョンをいただいた図書館界の友人、あるいは物語のヒントを与えてくれた友人たちにもこの場を借りて御礼を申し上げる。

末筆ながら本書の刊行にあたり樹村房社長大塚栄一氏、編集担当の安田愛氏にあらためて感謝の意を表したい。

二〇一八年九月

佃　一可

■著者紹介

佃　一可（つくだ・いっか）

1949年大阪市に生まれる。東京教育大学文学部卒業。

横浜市文化財係長、横浜市瀬谷図書館長、調査資料課長、神奈川県図書館協会企画委員長を歴任。

現在、一般社団法人知識資源機構代表理事、公益財団法人全国税理士共栄会文化財団常務理事、中国法門寺（唐王朝菩提寺）国立博物館名誉教授。

煎茶道文化協会代表理事、茶道 一茶菴家元14世。

エル・グレコの首飾り── 青柳図書館の秘宝

2018年10月11日　初版第１刷発行

著　者　佃　一可
発行者　大塚栄一

検印廃止

発行所　株式会社 樹村房
〒112-0002
東京都文京区小石川５丁目11番７号
電話　東京 03-3868-7321
FAX　東京 03-6801-5202
http://www.jusonbo.co.jp/
振替口座　00190-3-93169

組版／難波田見子
印刷／美研プリンティング株式会社
製本／有限会社愛千製本所

ISBN978-4-88367-312-4